文春文庫

春霞ノ乱

居眠り磐音（四十）決定版

佐伯泰英

文藝春秋

目次

「居眠り磐音」　主な登場人物

坂崎磐音（さかざきいわね）
元豊後関前藩士の浪人。直心影流の達人。師である養父・佐々木玲圓の死後、江戸郊外の小梅村に尚武館坂崎道場を再興した。

おこん
磐音の妻。磐音が暮らした長屋の大家・金兵衛の娘。今津屋の奥向き女中だった。磐音の嫡男・空也（くうや）を生す。

今津屋吉右衛門（いまづやきちえもん）
両国西広小路の両替商の主人。お佐紀（さき）と再婚、一太郎が生まれた。

由蔵（よしぞう）
今津屋の老分番頭。

佐々木玲圓（ささきれいえん）
磐音の義父。内儀のおえいとともに自裁。

速水左近（はやみさこん）
幕府奏者番。佐々木玲圓の剣友。おこんの養父。

松平辰平（まつだいらたつぺい）
佐々木道場からの住み込み門弟。父は旗本・松平喜内（きない）。

重富利次郎（しげとみとしじろう）
佐々木道場からの住み込み門弟。土佐高知藩山内家の家臣。

霧子　雑賀衆の女忍び。尚武館道場に身を寄せる。

小田平助　槍折れの達人。尚武館道場の客分として長屋に住む。

品川柳次郎　北割下水の拝領屋敷に住む貧乏御家人。母は幾代。お有を妻に迎えた。

竹村武左衛門　陸奥磐城平藩下屋敷の門番。早苗など四人の子がいる。

弥助　「越中富山の薬売り」と称する密偵。

笹塚孫一　南町奉行所の年番方与力。

木下一郎太　南町奉行所の定廻り同心。

中居半蔵　豊後関前藩の藩物産所組頭。

徳川家基　将軍家の世嗣。西の丸の主。十八歳で死去。

小林奈緒　磐音の幼馴染みで許婚だった。小林家廃絶後、江戸・吉原で花魁・白鶴となる。前田屋内蔵助に落籍され、山形へと旅立った。

坂崎正睦　磐音の実父。豊後関前藩の藩主福坂実高のもと、国家老を務める。

田沼意次　幕府老中。嫡男・意知は奏者番を務める。

『居眠り磐音』江戸地図

新吉原
尚武館坂崎道場
東叡山 寛永寺
山谷堀
竹屋ノ渡し
向島
忍ケ岡
上野
下谷車坂町
浅草
待乳山聖天社
三囲稲荷
不忍池
今戸橋
浅草寺
花川戸町
小梅村
常泉寺
下谷広小路
新寺町通り
新堀川
源森川
吾妻橋
業平橋
御厩河岸ノ渡し
品川家
首尾の松
十間川
今津屋
北割下水
本所
吉岡町
天神橋
法恩寺橋
新シ橋
石原橋
柳原土手
浅草御門
両国橋
南割下水
金的銀的
入江町
横川
長崎屋
回向院
竪川
薬研堀
松井橋
浮世小路
若狭屋
大川
六間堀
鰻処宮戸川
魚河岸
猿子橋
新高橋
霊河岸
日本橋川
新大橋
小名木川
日本橋
鎧ノ渡し
万年橋
霊巌寺
砂村新田
深川
亀島橋
金兵衛長屋
八丁堀
霊岸島
仙台堀
永代橋
永代寺
鉄砲洲
富岡八幡宮
越中島
堺橋
佃島

護国寺
中山道
日光御成街道
面影橋
小石川
伝通院
本郷
下谷茅町
石切橋
豊後関前藩
上屋敷
湯島天
牛込
神田川
牛込御門
水道橋
表猿楽町
神田明
駿河台
元尚武館佐々木道場
駒井小路
田安御門
神保小路
昌平橋
市谷八幡宮
九段坂
俎橋
雉子橋
内藤新宿
四谷大木戸
市谷御門
一橋御門
千鳥ヶ淵
鎌倉河岸
善国寺谷通
麹町
江戸城
本丸
神田橋
四谷
四谷御門
大手御門
半蔵御門
道灌堀
西の丸
一石橋
平川天満宮
和田倉御門
赤坂御門
馬場先御門
鍛冶橋御門
南町奉行所
京橋
清水谷
溜池
数寄屋橋御門
三十間堀川
木挽橋
氷川明神
原宿
愛宕権現
芝口橋
木挽町
長谷寺
増上寺
宝泉寺
麻布広尾町
芝
赤羽橋
麻布村

本書は『居眠り磐音　江戸双紙　春霞ノ乱』（二〇一二年十月　双葉文庫刊）に
著者が加筆修正した「決定版」です。

編集協力　澤島優子
地図制作　木村弥世

春霞ノ乱

居眠り磐音（四十）決定版

第一章　思わぬ来訪者

一

天明三年（一七八三）の春、小梅村の坂崎家に新しい身内が増えた。懐妊していたおこんが二人目の子を産んだ。空也に続いて生まれた磐音とおこんの子は女だった。

爺様の金兵衛が年の瀬からそわそわして小梅村に日参し、

「おこんよ、まだ陣痛はこねえか。産婆を一人ふたり呼んでこようか」

と急かしたが、おこんは、

「お父っつぁん、これぱかりは、私が願っても産婆様が頑張られてもどうにもしようがないものです。天の定めた理に任せておけば、黙っていてもその時が来ますよ」

と泰然自若としていた。

旅の空の下、初めての子空也を紀伊領内、雑賀衆の暮らす姥捨の郷で産んだ経験がおこんを逞しい母親に育てていた。

年の瀬には南町奉行所定廻り同心木下一郎太と瀬上菊乃の祝言があった。

菊乃が再婚ということもあって内々の祝言になったが、おこんは大きなお腹を抱えて、八丁堀の組屋敷木下家で催された祝言に出席し、菊乃の母親の桂から、

「おこん様、産み月が近いというのに、一郎太どのと菊乃の祝言においでいただきまして恐縮至極にございます。いえ、一郎太どのは初めての祝言でしょうが、うちの菊乃は二度目の話、なんとも恐れ入ったことにございます」

と挨拶された。

内々の集まりだ。祝言そっちのけでおこんの体が案じられ、そのせいか、念願叶った幼馴染みの菊乃との祝言に舞い上がる一郎太の落ち着かない挙動に、皆の注意がいかなかったほどだ。

花婿の立場を忘れ、菊乃の手を引き、おこんのかたわらに来てどっかと座った一郎太は、

「菊乃さん、早くおこんさんのように子を産んでくだされ」

とせがんだものだ。菊乃は困った顔をした。

「一郎太様、菊乃は嫁ぎ先から子が生まれぬ石女と烙印をおされて実家に戻された女にございます。もしや」

「菊乃さん、それは違うぞ。われらの間には必ずや玉のような子が生まれる。それがし、町廻りをしながら目に付いた神社には必ず、菊乃さんとそれがしの間に子が生まれますようにと祈り続けてきたのだ。案ずることはない」

一郎太が菊乃に言い切った。

「一郎太様、もしそれでも子が生まれなかった場合、一郎太様は菊乃を実家に戻されますか」

「馬鹿を申せ。それがしは物心ついた頃からそなたと夫婦になることを夢見てきたのだ。そなたが実家に帰るというならば、それがしも一緒に瀬上家について参る」

と真剣な顔で応じるのへ、一郎太を倅のようにも思っている地蔵の竹蔵親分が、

「木下の旦那、菊乃様、お二人には磐音様、おこん様というご指南番が控えておられるのですよ。先のことは案じなさるな」

と言うと、舅の北町奉行所与力の瀬上菊五郎まで、

「菊乃はわが名を一文字とって名付けたほどの娘じゃ。われらが倅二人と娘二人に恵まれたように、必ずや子は生まれる。一郎太どのを連れて二度も婚家先から戻ってこられて堪るものか」

と思わず本音を洩らし、祝言の場が爆笑に包まれた。

与力と同心、北町と南町と身分や所属役所が違うとはいえ、八丁堀は江戸町奉行所の役宅が集まる土地柄だ。およそだれもが子供の頃から互いを承知し、同族意識の強い絆で結ばれていた。それでも与力と同心の間にも南北両奉行所にも、目に見えぬ垣根はあった。

一郎太が幼い頃から菊乃を慕いながらも、

「嫁に」

と言い出せなかったのは、北町の与力の娘という一事があったからだ。

ともあれ一郎太が菊乃と所帯を持ったことで磐音もおこんもひと安心した。

天明二年の掉尾を飾る一郎太と菊乃の祝言のあと、おこんは二人目の子を産む仕度に入った。

なにしろ江戸には磐音の畏友にして御典医の桂川甫周国瑞や蘭医中川淳庵とい

う医師が控えていた。こたびの出産には桂川家推薦の産婆のやえが立ち会うことが決まっており、空也を産んだときのような不安をおこんは一切感じていなかった。

磐音は朝な夕なに先祖の位牌と、藩騒動に巻き込まれて非業の死を遂げた河出慎之輔、舞夫婦や小林琴平の位牌に手を合わせて、

「二人目の子の安産」

を祈り続けてきた。

その甲斐あってか、新玉の年が明けた正月十五日朝方、元気な産声が小梅村の坂崎家に響きわたった。

産湯をつかわされた赤子を隣室で待ち受けていた磐音に産婆が抱かせようとすると、前夜から小梅村に泊まっていた金兵衛が、

「婿どの、おまえさんは空也が生まれたときに最初に抱いたろうが。ここは一番、舅のわしに譲っちゃくれまいか」

と掛け合った。

「舅どの、どうぞおこんの子をお抱きくだされ」

磐音が快く譲ると、恐る恐る両腕に赤子を抱えた金兵衛が、

「おや、こりゃまた、なよっとした女子のような顔立ちだねえ。大きくなったら女泣かせになろうってもんだ」

「舅さんや、そりゃ罷り間違ってもございませんよ」

ひと仕事終えた産婆のやえが金兵衛に反論した。

「えっ、どうしてそんなことが言えるよ。これだけ可愛い顔立ちだ。大きくなったら、若い頃のわしに瓜二つの女泣かせにならあな」

「そりゃ全くございません」

やえが頑固に言い張った。

「ど、どうしてそうはっきり言えるんだ、産婆さんよ」

と金兵衛がいきり立った。

「舅さん、この子は女ですよ。お姫様なんですよ」

「えっ、女だって。そんなこと考えもしなかったぜ。おめえは娘か、つくものがついてねえか。そうか、娘がこの金兵衛の面に似ちゃあいけねえな」

と自らに言い聞かせ、

「婿どの、娘だってよ、どうする」

「それがしは倅であれ娘であれ、元気な子であれば構いません。いえ、なんとなく空也の次は娘、とおこんと話し合うておりましたゆえ、女名前しか考えておりませんでした」

「女名前な。で、何て名だい」

「坂崎睦月です」

磐音が間髪を容れずに答えた。

「睦月だと。正月に生まれたからってよ、安直じゃあねえか。もそっとさ、お桃とかお梅とか、愛らしい名前があるじゃねえか」

「桃も梅も悪くはございません。ですが、睦月と決めました。なんと言うても一年の始まりは正月にござる。新年ゆえ、ふだん無沙汰をしている友や親類縁者が親しみ睦ぶということから『むつび月』と呼ばれ、いつしか睦月になった謂れがあるそうな。この子の周りには生涯大勢の人が集まり、賑やかな暮らしができましょう」

「むつび月が縮まって睦月か。なんだか色気がねえようだがな。まあ、人が集まるのはこの家だって同じだ。だからよ、人より金のほうがよくないか」

「いえ、金子は使えばなくなります。人は生涯の宝です」

金兵衛が両腕の赤子の顔を見下ろし、

「おめえは睦月だとよ。金はねえが人は集まるんだとよ」

「舅どの、それがしに睦月を抱かせてくだされ」

と磐音が金兵衛から抱き取り、

「おお、空也の顔付きとも違い、娘らしく愛らしい顔立ちにござる。おこんに似てきっと器量よしになりましょう」

「おこんに似て器量よしだと。ということは、このどてらの金兵衛様に瓜二つということか」

「舅さん、おまえさんに似ることだけは勘弁と、ややこが言ってるよ」

産婆のやえが言ったとき、空也と早苗が磐音のもとに駆け込んできて、一頻り睦月を囲んで、あれこれと騒ぎになった。

「はいはい、今はそこまでだよ。おっ母さんの身仕度が終わったら、乳を含ませなきゃならないからね。いったん睦月さまをこちらに頂戴しますよ」

やえが睦月を受け取り、おこんが分娩した部屋に戻っていった。

「舅どの、それがし、これより道場に出ますゆえ、おこんによう頑張ったと言うておったと伝えてくだされ」

磐音はそう言い残すと、敷地内の道場に向かった。

こうして小梅村の坂崎家にはもう一人身内が増え、八丁堀では御用が終わるやいなやそそくさと屋敷に戻る木下一郎太の姿が見られた。

そんな長閑な日にちがゆっくりと小梅村に流れていった。

金兵衛は空也と睦月の顔を見に深川六間堀から小梅村に日参し、今津屋の老分番頭の由蔵も三日に一度はなにやかやと理由をつけては、坂崎家に顔を出していた。

正月も残り少ないこの日、尚武館坂崎道場では門弟衆二十人余が東西に分かれての勝ち抜き戦が行われた。朝稽古の最後には必ず行われる行事だ。

その勝ち抜き戦が終わりに近付いた頃、一人の武士が、

「ご免なされ。稽古を見物させてくだされ」

と小田平助に断って、腰の大小を抜くや、道場の片隅に悠然と座した。

歳の頃、五十一、二か。落ち着いた挙動からいって、

(なかなかの腕達者ばい)

と小田平助は推測した。

見所には速水左近の姿があって、東西戦を見物していた。

最後から二戦目は尾張藩士の京極恭二と重富利次郎であったが、利次郎が実戦

経験の差を生かして、二本立て続けに険しい面打ちで勝ちを得た。

最終戦はやはり尾張徳川家家臣の南木豊次郎で、相対したのは松平辰平だった。こちらも辰平が武者修行の経験を生かした多様な攻めで南木を翻弄した。

東西で戦った一同が道場主の磐音に一礼し、朝稽古は終わった。

時に磐音が、東西戦の中から気にかかる動きをした者や目覚ましい技を使った者を呼び出し、直に指導をすることがあった。二十数人の門弟にとって、師である磐音の指導はこの上ない喜びであった。

この日、磐音はそれぞれの門弟に短いが適切な講評をなして、見所の速水左近に一礼した。そして、初めて訪問者に視線を向けた。

「小梅村までよう足を伸ばしていただきました。礼を申します」

「坂崎磐音どのじゃな」

「はい、坂崎にございます」

「西の丸様の剣術指南として、また神保小路の直心影流尚武館佐々木道場の後継として、赤心を推して人の腹中に置くそなたの指導にそれがし、深く感じ入ってござる」

「過分なお言葉にございます。それがし、養父玲圓の背も未だ見えず、迷い迷いの指導にございます。卒爾ながらそなた様は」

「おお、これはしまった。なんという非礼か。それがし、起倒流鈴木清兵衛にござる」

「おおっ」

声を上げたのは見所の速水左近だ。

「御鉄砲御箪笥奉行の鈴木清兵衛どのか」

速水左近の問いに視線を見所に移した鈴木清兵衛が、

「速水左近様にございますな」

と質した。

「いかにも速水左近じゃ」

「甲府勤番、ご苦労に存じました。またこたびは奏者番として幕閣にお戻りになった由、祝着至極にございます」

「恐縮にござる。奏者番は複数の方々が務められる役職、それがしは走り使いの見習いにござってな」

「速水様は長年上様の御側御用取次を務められ、城中のことはだれよりも詳しいお方にござれば、こたびの任官はいささか役不足にございましょう」

すべてを承知しての尚武館訪問かと考えられるほど沈着冷静な言動だった。

「鈴木どの、とんでもない。それがし、甲府にて三年余も逼塞しておりましたゆえ、在所暮らしに諸々錆が生じて頭も体も回りませぬ。改めての出仕に、少しずつ勉強し直しておる最中にござる」

と鈴木に応じた速水が、

「起倒流の達人鈴木清兵衛どのがわざわざ小梅村まで川を渡ってこられたには、格別なわけがござるか」

と尋ねた。

磐音は、起倒流が柔、鎧組打ち、居合、棒、剣術、太刀、鎖鎌と武芸百般を看板にした流派であることを承知していた。

流祖は京にて福野七郎右衛門正勝が柳生家の高弟茨木専斎俊房と共同して良移心当流を起こしたことに始まるという。茨木専斎は、この流儀の名を起倒流と変え、戦国時代に行われていた数々の武術を総合的に教授するようになっていた。

この流派、京を中心に上方一帯に広がり、流派の傍流を数多生んでいた。

鈴木清兵衛は、京に興った起倒流を滝野遊軒が江戸に伝えると同時に入門し、さらにそれを広めることに尽力した人物で、

「江戸起倒流に鈴木清兵衛あり」

と知られていた。

この流派、江戸でも一大旋風を巻き起こし、一時は、

「門弟三千人」

と豪語した。また起倒流を有名にしたのは、諸侯が数多く教えを乞い、その数、三十人とも四十人とも数えられ、その筆頭が白河藩主の松平定信であったことだ。

起倒流にあって鈴木清兵衛は異色の武芸者で、

「神武秘訣を唱え、神人一体、天人合一」

の境地に至るのが起倒流の究極の目的と説いて、同門の加藤忠蔵有慶らから、

「流派逸脱」

と批判されている人物でもあった。

磐音は、京から伝わった起倒流が江戸で急速に広がりを見せていることを承知していた。そして、三年半の江戸不在の後、さらなる起倒流の隆盛を知って驚いた。とはいえ、

「他流は他流、直心影流尚武館道場の研鑽は研鑽」

と考えて小梅村での稽古に精を出していた。

「速水様は、亡くなられた佐々木玲圓先生の剣友にございましたな」

鈴木清兵衛は速水左近に集中して質問を繰り返した。

「剣友とは名ばかり、技量も人格も識見も見劣りするばかりでござってな。師弟の間柄といったほうが適切にござろう」

「佐々木先生の死は東国武術界の大きな損失にござった」

速水左近はただ黙して頷いた。鈴木清兵衛の魂胆が奈辺にあるか見当がつかなかったからだ。

「それがし、佐々木先生の存命中にご指導を仰ぎとうござった。本日は思い立って、後継の坂崎磐音どのがどのような稽古をしておられるか見物に参ったのでござる」

「それはご奇特な。どうじゃな、そこもとも小梅村に遠出してきて見物だけでは詰まらぬであろう。稽古をなされては」

「速水左近どの自らご指導くださるか」

「それがしは最前も申したとおり、体に錆の生じた老兵にござるよ。この尚武館坂崎道場の主は坂崎磐音どの、そなたの相手をするには道場主が打ってつけかと存ずる」

鈴木清兵衛の視線が再び磬音に向けられた。

「天下の起倒流の宣布者鈴木清兵衛どのと稽古ができるとは、わが身の幸せにございます」

磬音がにこやかに笑いかけ、訊いた。

「起倒流は武芸百般と多彩な武術を教えておられるそうな。鈴木どのはどの武術でお相手くださいますか」

磬音の問いに、鈴木清兵衛がさほど広くもない道場を見回し、

「こちらでは棒術も教えておられるようだ。棒にて立ち合いたい」

と磬音に願った。

「当道場では槍折れと称しております」

と答えた磬音だったが、小田平助が槍折れの師匠であることまでは告げなかった。磬音もまた鈴木清兵衛の魂胆が知れなかったからだ。

「槍折れとな。古風な名を使うておられるな」

鈴木清兵衛が立ち上がり、稽古用の槍折れが架けられた壁に向かい、何十本もある槍折れを一本一本手にとって、重さや長さや握りを丁寧に確かめ、その中から速水杢之助の槍折れを選んだ。

杢之助や右近はまだ大人の体になりきっていないゆえに、槍折れも利次郎らが使うものより長さで五寸、重さでも五十匁ほど軽かった。

「これを借り受ける」

磐音に告げた鈴木清兵衛は大小を抜き、懐から紐を取り出すと手早く襷にして、道場の真ん中へと進んだ。

二

磐音は手に馴染んだ槍折れを持って道場の中央に進んだ。

小田平助が見所下に依田鐘四郎と並んで座り、門弟衆も思い思いに壁際に下がって、予期せぬ二人の対決を興味深げに注視した。

鈴木清兵衛は棒を小脇に抱えて磐音の前に静々と進んだ。

間合いは一間半。

二人が相対して一礼した。

「辰平、これは稽古か、立ち合いか」

利次郎が囁いた。

「分からぬ」

辰平が短く応じて、固めた拳を両膝に置いた。

「ご指導をお願いいたします」

磬音が江戸起倒流に敬意を表して言った。

鈴木清兵衛が黙したまま小脇に抱えた棒の先端を磬音の足元に差し出し、磬音の動きを見詰めた。

磬音は重い槍折れを右脇に立て、鈴木清兵衛と向かい合って立った。

清兵衛の小脇から棒がするすると滑り出て、いきなり磬音の足元を襲った。棒の動きと同時に清兵衛の体も摺り足で踏み込まれていた。突き出された棒を、磬音はかたわらに立てた槍折れで、

ふわり

と払った。

こつん

と払われた清兵衛の棒が横手に流れていきながら、小脇に引き寄せられ、

くるりくるり

と回された棒の両端が左、右、左と間断なく磬音の体を襲った。

磐音は鈴木清兵衛の迅速果敢な攻めに、立てていた槍折れの中ほどを両手で保持し、相手の動きに合わせつつ、

ぽんぽん

と弾き返した。

間合い一間にも満たない狭い空間で片方は攻め、片方は受けて、両者ともに動じる様子はない。

清兵衛の棒両端打ちに払いが加わり、突きが繰り出された。

磐音は多彩な攻めを不動のままに受け流した。

小田平助の槍折れは、ゆったりと大きな技から迅速果敢へと変化した。だが、鈴木清兵衛の棒術は、一本の棒を二本の木刀のように目にも留まらぬ速さで使い、攻めに攻め立てた。

磐音は一見攻め立てられて、防御に回っているかのように李之助ら若い門弟の目には映っていたかもしれない。

「根競べたいね」

平助が呟くのが鐘四郎の耳にも届いた。

不意に鈴木清兵衛の棒が磐音の足元を大きく払い、磐音が虚空に飛び上がり、

後ろへと下がった。

間合いが一間半余に空いた。

鈴木清兵衛の棒が飛び下がった磐音の喉元(のどもと)に片手突きで伸びてきた。間合いが一気に縮まり、棒の先端が喉を突き破る勢いで迫った。

磐音の身が伸びてくる棒の先端に自ら飛び込むように踏み込んだ。

「あっ」

という悲鳴が門弟の何人かから起こった。

次の瞬間、速水左近は不思議な光景を目にした。

磐音の身が棒の先端に触れなんとしたとき、

そより

と半回りして、伸びてきた棒を寸毫(すんごう)の差で躱(かわ)すと、磐音が、

どーん

と鈴木清兵衛に体当たりして、清兵衛を後方へと突き飛ばしていた。

ごろごろ

と転がった清兵衛は間合いを空けると、ぽーんと立ち上がり、手から離さなかった棒を構えた。

「これはとんだ粗相をしてしまいました。棒術は勝手が違い、不調法にござった」

磐音が詫びる言葉を険しい顔で睨んでいた鈴木清兵衛が硬い笑みを顔に浮かべて、

「さすがは直心影流佐々木先生の後継かな。起倒流の棒術など一顧だにしておられぬ。本日はこれにてご免仕る」

と磐音に言うと杢之助の槍折れを戻そうと壁に歩み寄った。と、その体が気配もなく振り向くや、手にしていた棒が大きく回転しつつ、未だ道場の真ん中に立つ磐音の顔面を襲った。

磐音の手の槍折れが翻り、急速回転しつつ飛んできた槍折れを、

「発止!」

と叩いた。すると槍折れが二つに折れて道場の床に転がった。

「おおっ、これはとんだ不調法を、手が滑ってしもうた。お許しあれ」

と言いながら鈴木清兵衛は大小を腰に戻すと、襷を解いて道場から玄関へと向かった。

道場では全員がそんな清兵衛を茫然と見送っていた。

「なんしに来たとやろか」

と小田平助が呟き、

「手に馴染んだ杢之助どのの槍折れを無駄にしてしもうたな。許されよ」

と磐音が平静な声音で詫びた。


昼餉を終えた磐音は、おこんが用意していた春らしく明るい地の小紋に袴をつけて塗笠を手に母屋を出た。見送りにおこんと空也が従い、母屋の敷地から尚武館道場へと歩いた。


睦月を産んで二十日あまりが過ぎ、季節は如月に移っていた。おこんの体調はもはや元気な頃に復していた。睦月をおこんが抱いて、空也は磐音に手を引かれていた。

「父上、どこに行くんだい」

四歳の誕辰を過ぎて空也の言葉遣いがしっかりとしてきた。なにしろ母親のおこんの他、早苗、霧子と空也の世話掛を任じている女が二人もいて、言葉遣いをあれこれと教え込んだ。そのせいか、他の四歳の子供に比べても振る舞いや言葉がしっかりしていた。一方で、金兵衛が六間堀から日参してきて、空也の手を取り小梅村界隈を連れ回すせいで、金兵衛の深川口調も混じった。

「空也様、お話し相手は父上様でございます。参られますか、と申されませ」

と一家に従う早苗が空也の言葉遣いを気にした。

「はい」

と返事をした空也が早苗の注意に従い、言い直した。

「ようできました。早苗さんの教えは母の教えですからね」

おこんが空也に念を押した。

睦月を産んだ前後、空也の面倒は早苗が中心に見ていた。早苗は一時だが空也の母親代わりを務めたことになる。

「空也、豊後関前藩の中居半蔵様にお目にかかる。遼次郎どのと一緒にな」

「豊後関前は、爺上様婆上様がおられるところですね」

「よう覚えていたな。いつの日か、空也や睦月を連れて父の故郷の豊後関前を訪おうぞ」

「はい」

磐音もおこんも、父母の正睦と照埜に空也と睦月を会わせたいと願っていた。

母屋と尚武館坂崎道場の間には葉の落ちた古木のかたわらから竹林が広がって

いた。その間の小道を行くと、春の陽射しがちらちらと一家に差しかけた。

「遼次郎様が前々から刻を貸してくださいとおまえ様に願っておられたのは、私も承知しております。されどそれが本日とは、また急な日取りで面会を求められましたね。また中居半蔵様が同席されるというのはどういうことにございましょうか」

昨日から豊後関前藩邸に戻っていた遼次郎がどことなく上気した顔で朝稽古に現れ、磐音に中居の意を伝えたのだ。

「最前からあれこれと考えておるが、中居様の御用と遼次郎どのの話とは別物のような気がする。お呼び出しの場所は藩邸というわけではないそうな。関前藩になんぞ異変が起きていなければよいが」

磐音はそう答えて首を捻った。

遼次郎が時間をつくってくれと義兄の磐音に願い出たのは、一家が江戸に帰着した直後からのことだ。そう緊急を要するものではないことは遼次郎の口調から察していた。

遼次郎の尚武館坂崎道場の住み込み修行が終わりを告げ、藩務に復することになる、その相談ではないかと磐音は察していた。ところが本日の中居半蔵の呼び出しはいささか急だった。

「やはり遼次郎様の江戸勤番と武芸修行がいったん終わるということではございませんか」

「おそらくそのようなことであろう」

磐音一家と早苗は尚武館道場を出て門に向かうと、白山(はくさん)がのそのそと姿を見せ、空也に甘えて尻尾(しっぽ)を振った。

船着場のほうで、金兵衛の声が賑やかに響いていた。

「おや、今朝は姿を見ないと思っていましたら、昼過ぎからのおいででしたか。お父っつぁんが来られるのはよいのですが、空也の言葉が雑になって困ります」

「空也が大きくなれば、武家言葉と舅どのが話される深川言葉を使い分けることができるようになろう。おこん、そう厳しく金兵衛どのに注意するものではないぞ」

「厳しく注意したところで、どてらの金兵衛さんは聞く耳を持ちません。早苗さんも困っています」

「わが家は、舅どの、今津屋のような大商人から武家方となかなか多彩な人士との付き合いがある一家ゆえ、幼い折りに言葉が混在するのは致し方なかろう」

磬音が答えたところに、もう一つ別の胴間声（どうまごえ）が響き渡った。

「金兵衛さんよ、昼下がりに主（あるじ）が出かけるとは金策か。所帯が大きくなっても月々決まった収入はなし、利次郎のような腹っぺらしばかり抱えておっては米代にも事欠こう。主が金策に走り廻らざるを得ぬのも無理はないか」

ああ、と父親の声に気付いた早苗が悲鳴を上げた。

「他人事（ひとごと）みたいに言うんじゃないよ、竹村（たけむら）の旦那（だんな）。それよりさ、てめえの一家の懐を心配しなよ」

「わしの家か、安藤（あんどう）家から節季節季の給金の他になにがある。それを勢津（せつ）がすべて握っておる。わしなど久しく巾着（きんちゃく）財布の類は持ったことがない。入れる銭がないのだから、財布など無用の長物だ」

「財布が無用の長物か。まるで殿様だね」

「殿様は財布を持たずとも、お付きの三太夫がな、小判の詰まった革財布を持っておろう。これ、三太夫、金子を持て、で事が済む。この武左衛門（ぶざえもん）はお付きの三太夫なしで、尻切（しりき）り半纏（ばんてん）一枚、懐はからっ穴（けつ）ときた」

「すっきりしていいやね」

「すっきりしすぎておる。どてらの金兵衛さん、昔馴染みに少し銭を融通してくれぬか」

「そりゃ、無理な話だ」

春の陽射しの下で掛け合う父親のもとに早苗が走り、

「父上、天下の大道で金策の話など、ご近所迷惑にございます」

と河岸道から注意した。

「おお、早苗か。天下の大道だと、ここは小梅村ではないか。近所ったって一、二丁は離れておるような江戸外れだ。さようなことは気にせんでよい」

娘に宣うた武左衛門は磐音一家が現れたのを船着場から見て、

「坂崎磐音氏、いささか掛け合いがござる」

「武左衛門どの、なんの掛け合いにござるかな」

「どてらの金兵衛さんに願うたところだが、あっさりと断られた。そこで矛先を転じて、早苗の給金の前借りを申し込もうと思案をしていたところだ」

「だめです」

「竹村の旦那、その言葉はここでは禁じ手だ」

武左衛門の言葉に早苗と金兵衛が同時に叫んで、船着場にいた門弟がいつもの会話に笑った。

「霧子、待たせたな」

　女船頭を務めてくれる霧子に磐音が声をかけた。

　夕稽古が始まる前の刻限で、住み込み門弟らが一番のんびりしている時だ。利次郎をはじめ、五、六人の門弟が見送りに出ていた。その中に舫い綱を手にした遼次郎もいた。

「遼次郎どの、案内を願おう。もっともこちらは江戸外れの道場主、ご大層な案内やら迎えを受けるほどの身分ではないがのう」

　磐音の言葉は春の陽射しのようにあくまで長閑だ。

「おっ、睦月が日向に這い出てきやがったか」

　おこんに抱かれた赤子を見た金兵衛が笑いかけ、おこんの腕から睦月を抱き取ろうとした。

「爺上、睦月は這い出てきたか」

「おお、うちの近辺じゃ、お出ましのことをこう言うんだよ。虫が土から這い出る二月節気の啓蟄も近いや。睦月もその伝だよ」

「お父っつぁん、うちではそのような言葉遣いは禁じます」

「おこん、いいじゃねえか。おめえだってよ、こうやって育ってきたんだよ。それだって、ちゃんと一人前のお侍の嫁になることができたじゃねえか」

「私は私にございます」

おこんが言い、金兵衛が首を竦めるかたわらから、

「尚武館の先生よ、ちょいと都合をつけてくれぬか。懐が泣いておってな」

と武左衛門が磐音にねだるや、

「父上、そのような言辞を弄されるならば尚武館へのお出入りを禁じます」

とこちらも娘からぴしゃりと命じられた。

「武左衛門どの、そういうわけです。許されよ」

磐音が猪牙舟に乗り込んで胴の間に腰を下ろすと、遼次郎が続いて舳先に乗り込み、利次郎らが舟の横腹を手で堀の真ん中に押し出した。すると霧子が心得て、ぐいっと棹を入れて、隅田川へと進みだした。

「行ってらっしゃいませ」

一同に見送られた磐音はおこんと二人の子、それに門弟らに手を振り、

「大した主でもないが、出かけるとなると大変じゃな」

と笑った。そして、遼次郎に顔を向けると、

「本日はどちらに伺えばよいのかな」

「佃島(つくだじま)の住吉社の船着場を、中居様がご指定になられました」

ということは藩邸ではあまり話したくないことか、と磐音は思った。

「遼次郎どの、そなたの江戸勤番も終わり、国許(くにもと)に戻られるか」

「中居様から、『そなたの江戸勤番を江戸遊学と言うておるものも家中にはおる、まあ、そのようなことはどうでもよいが、潮時じゃ、そろそろ関前に戻って武家奉公の実務に携わる時期だ』と耳打ちされておりましたゆえ、その覚悟はできておりました。ただ残念なのは、尚武館での武芸修行が中途半端に終わることにございます」

「遼次郎どの、武芸修行に果てはない。自らの覚悟さえあれば、江戸にいようと国許の関前であろうと修行と鍛錬は続けられる」

「それがし、義兄上(あにうえ)ほど意志が強うございません」

「そなたには坂崎の家まで負わせてしもうたな」

「いえ、義兄上が負われた重荷に比べればさしたる荷ではございません。いえ、坂崎家が軽いと言うておるのでは決してございません」

「そのようなこと、それがしに念を押すこともない」

と笑った磐音が、

「遼次郎どの、中居様からそなたの役職の内示はあったか」

　磐音らの発案で始まった、豊後から物産を直接江戸に運び込み、売りさばく商いを始めた豊後関前藩は、この数年のうちに多額の借財を返済し、国許と江戸藩邸の蔵にはそれなりの剰余金の蓄財があると磐音も洩れ聞いていた。

「家老付きにございますそうな」

「さようか、父上が手元において直々の指導にあたられるか」

　坂崎家の継嗣磐音が藩を離脱し、坂崎家とは距離を置いたために、井筒家の次男遼次郎が養子に入り、坂崎家を継ぐことが決まっていた。江戸勤番になり、尚武館での武芸修行もその一環であった。

「義兄上、中居様がお話しになる事柄ですが、養父上は家老職を辞することを殿様にいくたびとなく願われたとか。その一件と推察いたします。その都度、『正睦、そなたの倅の磐音が緒をつけた関前藩改革は道半ば、その途次で手を引くことはならぬ』と殿様に引き留められてこられました」

　この話も磐音の耳に入っていた。

「ですが、こたびの家老職致仕の一件は、それなりのお覚悟があってのことのようです」

「それでそなたを手元において関前藩家臣として育てるお覚悟か」

磐音の問いに遼次郎が頷いた。

しばし磐音が沈思した。

霧子は無言のまま猪牙舟を流れに乗せていたが、時折り櫓を操り、だんだんと河口へと迫っていた。

「遼次郎どの、ただ今の関前藩になんぞ懸念があるか」

磐音が遼次郎に尋ねると、義弟から即答はなかった。

「よい、答えずとも。すでにそれがしは豊後関前とは無縁の人間であったわ。つい忘れておった」

「いえ、坂崎磐音という人物は未だ豊後関前の藩士にございます。この考えは福坂実高様、殿のお考えにございます」

遼次郎は江戸に出て、磐音が豊後関前藩に与えた影響の大きさを、身を以て知った。関前の物産を江戸に持ち込む考えも磐音の発案ならば、仇敵の国家老宍戸文六とその一派を成敗して関前藩再建のきっかけをつくったのも磐音だった。

藩の多額の借財がなくなり、藩庫に蓄財ができたのも磐音らの行動があったればこそのことだった。

「義兄上、おそらく本日の中居様のお話もその辺にあろうかと存じます」

遼次郎が答えたとき、すでに霧子の操る猪牙舟は永代橋（えいたいばし）を潜（くぐ）って佃島に接近しつつあった。

霧子は遼次郎から水路を説明されているのか、石川島の葭原（あしはら）の東側を廻り、佃島へと接近していった。すると佃島の南の沖合いに新造の大船が荷下ろしを行っていた。

磐音は船足の速そうな新造船の艫（とも）に、風になびく豊後関前藩の船標（ふなじるし）を見た。正（しょう）徳丸（とくまる）でも豊後（ぶんご）一丸（いちまる）でもなく、五年ばかり前に新造された豊江丸（ぶこうまる）のものでもない船体だ。

「なんと、関前では新造船を造られたか」

「私も昨日、中居様からお聞きしたばかりです。これまでの三隻（せき）より一回り大きゆうございますね。また波切りも船足も荷積みも優れていると聞きました」

遼次郎が感想を洩らしたところに、霧子が訊いた。

「遼次郎様、佃島の住吉社の船着場でよいのでございますね」

新造船に着けずによいのかと霧子が念を押し、遼次郎が住吉社の船着場に願いますと改めて答えた。

磐音は新造船に視線を向けながら、中居半蔵の面談の用向きを考えていた。

三

江戸の佃島と豊後関前藩との関わりは、定期的に物産が運び込まれるようになって密接なものになっていった。

四半刻（しはんとき）（三十分）後、磐音と遼次郎は、一段と貫禄（かんろく）のついた中居半蔵と佃島の知り合いの船宿の座敷で対面していた。半蔵の他にだれも藩士は同席しなかった。そのこと自体が磐音との対面が極秘であることを示していた。

「坂崎磐音、懐（なつ）かしい響きかな」

顔を合わせた途端、半蔵が言ったものだ。

「佐々木磐音も悪くはないが、それがしにとって、磐音は坂崎磐音としか考えられぬでな」

「運命（さだめ）と時の流れに従い、佐々木姓を名乗り、再び坂崎姓に戻りました」

「そなたにとって自然なことと申すか。それにしてはあれこれと大事が立て続けに起こり、ついには江戸を離れる結果を招いた。それもまた天が与えた試練かのう」

「中居様、本日はそれがしのことを談じる集まりではございますまい。それにしても中居様はすっかり貫禄を身に付けられました」

「そなたと違い、こちらは主持ち。風の吹き具合にては江戸を離れて旅するわけにもいかぬでな。命じられた御用をひたすら務めた結果、こたび和泉中三郎様の後を継ぎ、江戸留守居役と用人を兼ねた職を命じられた」

いささか誇らしげに半蔵が言った。

「ご出世、祝着にございます」

「なあに、こたびのこと、そなたらの親父様が殿に言上なされて叶うた拝命よ。それがしの力ではないわ」

「いえ、そうではありますまい。最前、新造船を見ましたが、豊後関前藩は確かな足取りで藩運営がなされていると見ました」

「ううーん、あれな」

半蔵はやや歯切れの悪い返答をした。

「なにかございますので」

「そなたが江戸を離れておる間に藩物産の内容が大きく変わってな」

「海産物がどうかしましたので」

「いや、それは従来どおりじゃが、長崎に藩屋敷を設けて、長崎会所から買い入れた砂糖、香辛料、薬など異国の品々を日田往還を使って関前に運び、藩物産とともに江戸で売ることを始めたでな、売り上げが伸び、それに伴い、利も増えた。抜け荷を扱うておるのではないぞ、長崎口の品だ」

　半蔵の口調は誇らしげだった。

「商売繁盛、なによりではございませぬか」

「そう思うか。まあ、武士は食わねど高楊枝の時世ではないでな」

　と半蔵が言い訳した。

「ところで磐音、船の名を承知か」

「いえ、艫に船標が翻っているのは見えましたが、船の名は見ておりませぬ」

「明和三丸と殿が名付けられた」

「明和三丸にございますか」

　磐音はその謂れを考え、まさかと思った。

「磐音、慎之輔、琴平の三人の若い家臣が藩政改革の志を抱いて豊後関前に戻ってきたのが明和九年（一七七二）の初夏であった。あれがそなたらの悲劇の始まりであり、かつ藩政改革の端緒になった年ともいえる。以来十一年の歳月が過ぎた。互いに歳をとるわけよ」

当時に思いを馳せるかのように半蔵が言った。

「殿は、三人の家臣が身を捨てざるを得なかった明和九年の悲劇を忘れぬために、この船名を決められたのだ。豊後関前藩が一丸となって初志を貫徹するためにな」

「慎之輔と琴平がこの世にあれば喜びましょう」

と静かに応じた磐音だが、

「中居様、殿があの年のことを忘れぬために新造船の名を付けられた背景、もしやして家中に新たな懸念が生じたということでございますか」

「ある。あるといえばある」

半蔵が曖昧な返答をした。

「それがし、長年藩物産所組頭を務めてきたが、物産所の役職を離れたことの理由の一つがそれだ」

「なにが起きているのでございますか」

と思わず問うた磐音は、

「失礼いたしました。すでに藩を離れて十余年の歳月が過ぎたそれがしが、関心を抱くことではございませんでした」

と詫びた。

「磐音、そうもいくまい」

半蔵が応じた。

「殿はただ今関前におられる。次の参勤上番（さんきんじょうばん）の折りまでに懸念をなくせと、国家老坂崎正睦様に命じられた。ご家老は数年前より職を辞することを考えておられるが、殿は正睦様に、最後の奉公と思うて、懸念を消せ、藩の再建を確固とした後に隠居せよ、と命じられたそうな」

「老いた父に殿はさような任務を命じられましたか」

磐音は遠く豊後関前にあって奮闘する父を思った。本来なら磐音が豊後関前藩の藩政改革の先頭に立っていなければならなかった。それが、磐音が藩を離れたために、老いた父に苦労をかけ続けていた。

「いかにもさようだ」

と言った半蔵が、

「遼次郎、あとで呼ぶ。しばらく中座せよ」

と命じ、遼次郎は頷くと静かにその場から去った。

「どのような運命のもとにあろうと、父と子は血の絆によって結ばれておる。それがしはそう信じておる」

「藩政を手中にし、私利私欲に走ろうという輩が現れましたか」

「こたびはいささか違う、違うと思われる」

半蔵の答えに磐音は首を捻った。

「家中に余裕が出てくると、かような輩がぼうふらのように湧き出る。長崎口に手を出してよかったかどうか」

「腹の黒い鼠が藩物産所の金子に手をつけられましたか」

「そなたがきっかけを作ってくれた藩物産取引きは豊後関前の命綱だ。ために物産の横流しなど起こらぬよう、金銭の出入りには二重三重の管理がなされておる。その一つだが、それがしが長年務めた藩物産所組頭直属に二人の配下を置いてな、いわば陰監察を務めさせてきた。この陰監察の役目と人物を知る者は殿の他、国家老坂崎正睦様、それに総目付の寺島鴈次郎どのとそれがしの四人しか家中におらぬ。にも拘らず、その陰監察の眼を潜って、関前と江戸を繋いでの不正が行われているように思えるのだ」

「それがしに、なぜそのような関前藩の内情を訴えられますな」

「磐音、そなたに頼むことではないとは重々承知じゃ。だが、陰監察を含め、殿、正睦様、寺島どのとそれがしも不正に関与しうる立場にある人物ゆえ、それがしが先に説明しては、そなたに誤った考えを持たせることになるやもしれぬ。まして、その立場の者が探索に従事するわけにもいくまい」

半蔵はなんとも巧妙な言い訳をして、磐音に難題を押し付けようとしていた。

「殿、父、寺島どの、そして中居様の身辺を、この坂崎磐音に調べよと命じられますか」

「どう考えても、殿にさようなことがおできになるはずもない。だが、正睦様、寺島どの、それがしにはできぬことではない」

「陰監察の二人は」

「その者たちも調べることになる。となると家中の者より磐音、そなたのように外に出た人士のほうがやり易かろう。陰監察の纐纈(こうけつ)茂左衛門(もざえもん)と石垣仁五郎(いしがきじんごろう)を、それぞれそなたのもとに会いに行かせる。纐纈と石垣は、二人いっしょにではなく別々にそなたに会うことになろう。とくと二人の話を聞いてくれぬか」

「坂崎正睦はわが父にございますぞ」

「そなたなれば、不正を働いておる者が父の正睦様であれ、告発するに躊躇せぬことをそれがしは承知しておる。磐音、頼む。豊後関前藩が藩政改革を完全なものとするためにも、そなたの手をいま一度貸してくれぬか」

顔に苦悩を漂わせた半蔵が頭を下げた。

「中居様、それがしは養父佐々木玲圓から受け継いだ道場を潰した人間にございます。三年半の流浪の末、ようやく江戸の地に戻り、なんとか再興のきっかけをと微力を振り絞っている最中にございます」

「それを知らいでか」

「それがしに新たな重荷を負わされますか」

「殿は未だそなたを豊後関前藩の家臣と思うておられる。そなたが江戸で名を上げるたびに、また田沼意次様との戦いに敗れて江戸を去った後も、坂崎磐音は今頃どこでどうしておろうかと気にかけておられた。そして最後はいつも、関前藩に戻ってくればよいものを、と同じ言葉を洩らされる。実高様のその心中を考えてみよ」

半蔵が責め立てた。

「また正睦様が老骨に鞭打ち、最後のご奉公を務めようとなさっておられるのじやぞ。倅たるそなたが傍観しておってよいのか」

ふうっ、と磐音が息を一つ吐いた。

半蔵は磐音に、父正睦を調べよと命じていた。

「そなたは、己を捨てて他人のために命を賭する運命の星のもとに生きる人間よ」

「中居様、それがしには女房がおり、幼子が二人おります」

「二人目は女じゃそうな。睦月と名付けたそうじゃな」

磐音は半蔵を見た。

「そなたにものを頼むのだ。密かに調べさせてもろうた」

磐音は無言を通し、千々に乱れた考えを纏めようとした。だが、答えは己の胸中に見つからなかった。

「明和九年の騒動のあと、そなたは河出慎之輔と舞夫婦、小林琴平の三人の位牌とともに生きてきた。あの三人の死を無駄にせぬためにも、なんとしても手を貸してもらいたい」

磐音のいちばん弱いところを半蔵が衝いてきた。だが、磐音はすでに藩を離脱した人間であり、坂崎家からも籍を離れた者であることの意味を考えていた。

十余年の歳月は人を変えるに十分な時の流れだった。豊後関前藩が多額の借財を抱えて苦悩していたことを、家中を二分して血が流れたことを知らぬ世代が多く奉公していることは容易に推測された。

父の正睦を助けるべきは坂崎家に養子に入った義弟の遼次郎であった。だが、遼次郎は狡猾な悪人どもをあぶり出すには人柄が素直すぎ、経験と苦労が不足していた。迷う心を察した半蔵が、

「即答せよとは言わぬ。一両日考えてくれぬか」

「その結果、お断りしてもよいのでございますか」

「そなたが熟慮して出した答えを、この中居半蔵、尊重いたす」

そこまで言われた磐音は頷かざるをえない。

長い半蔵の話を磐音は黙って聞いた。その後、半蔵がぽんぽんと手を叩いて、座から遠ざけられていた遼次郎を呼んだ。

再び三人が対座した。

「坂崎遼次郎、そなたは豊後関前への戻り船明和三丸に便乗して国に戻る。江戸勤番および武芸修行を正式に解かれるということだ。今後関前にて国家老坂崎正睦様のもとで藩務を覚えることになる」

「養父からもそう命ぜられております」

首肯した半蔵が、

「殿がなぜ坂崎磐音のもとにそなたを預け、修行させたか分かるな。殿は義兄たる坂崎磐音から主従とはなんたるか、奉公とはどのようなものか、そして、天明の世に生きる武士とはどうあるべきか、諸々学ぶ機会をそなたに授けられたのだ。坂崎家のため、延いては豊後関前藩のために江戸遊学を認められたのだ」

「承知しております」

「そなた、未だ分かっておらぬ」

「覚悟が足りぬと仰いますか」

「そなたの遊学中、国家老の正睦様は坂崎家の養子どのに甘いと非難に曝されたことを知るまい。いや、待て、そなたの抗弁したき気持ちも分かる。さような輩はどこの藩にもおる。いつの時代にも不満分子は陰でうじうじと言うものじゃ。これ自体はなんの力も持たぬ。だがな、家中が少しでも乱れたときには、かような連中の考えが蔓延して騒動の種を播くのだ。そなた、関前に戻ればその矢面に立つことになる」

「覚悟しております」

遼次郎の返答は潔かった。

「その返事、忘れるでない」

はっ、と畏まった遼次郎が、

「明和三丸が江戸を離れるのはいつと考えればようございますか」

「江戸藩邸にいささか厄介な雑務が生じておる。ゆえに二月末から三月初めを予定しておる」

半蔵が遼次郎にとも磐音にともつかず答えた。

「中居半蔵様、使いに書状を持たせて中居様への返答といたします」

「いや、それがしが小梅村の尚武館坂崎道場を訪ねて直に聞く。そなたの子の顔も見たいでな」

半蔵は、磐音の使いが関前藩江戸屋敷を訪ねることを警戒してか、そう告げた。

「相分かりました」

「磐音、明和三丸にいささか関前土産を積んできた。そなたの舟にすでに積んである」

「そのような斟酌無用に願います」

「そう申すな。それがしとて、そなたに頼みごとばかりではいささか気が引けるでな」

と半蔵が苦笑いし、

「遼次郎、義兄どのを小梅村までお送りいたせ」

「中居様、それがしには門弟の供が従うております」

磐音が遼次郎の同道をやんわりと拒(こば)んだ。

「遼次郎を藩邸に置いたところで、差し当たっての用はない。それより尚武館で最後の務めを果たせ」

と半蔵が命じた。

磐音と遼次郎は佃島で家中の他の者とは顔を合わせず、霧子が待つ猪牙舟に戻った。すると舟の中で少し背の丸まった女と霧子が話をしているのが遠目に見えた。丸まった背が女の歳を推測させた。明らかに武家の女だった。そして、対話する霧子の全身に緊張があった。

(まさか)

磐音が足を止めた。

「どうなされました」

「いや、勘違いであろう」

磐音は足を速めた。猪牙舟の女の正体が気にかかったからだ。

霧子が磐音と遼次郎の姿に気付いた。だが、磐音らにも対面する女にも言葉をかけることはなかった。

「遼次郎、明和三丸に積まれてきたのは物産だけか」

「と、中居半蔵様から伺うております」

「明和三丸はいつ到着したな」

「昨夕にございます」

磐音と遼次郎は、佃島住吉社の船着場に到着した。

遼次郎が、はっとして磐音を見た。

「母上」

磐音が女の背に呼びかけた。すると丸まっていた背が、一本ぴーんと筋が通ったように伸び、数拍の間の後、ゆっくりと視線を巡らした。

磐音の記憶の中の母と、振り向いた顔が重なった。照埜の顔に微笑みが浮かんだ。すると記憶の母と異なり、老いた照埜の顔がそこにあった。

「磐音、息災の様子、なによりです」

磐音に声をかけた照埜が、

「遼次郎どの、義兄のもとでしっかりと修行を積まれたと見え、体付きも顔付きも逞しゅうなられました」

と遼次郎にも挨拶した。

霧子が舫い綱を解き、棹を握った。船着場の遼次郎がなにか言いかけたのを磐音が制し、

「遼次郎どの、話は佃島を離れたあとにいたそうか」

と命じると遼次郎を伴い、猪牙舟に乗った。

すかさず霧子が猪牙舟を出し、石川島の葭原の間を抜ける水路に猪牙舟を入れて櫓に替えた。

「母上、お久しゅうございます」

磐音は胴の間に姿勢を正し、改めて挨拶した。

「磐音、二人目のお子が生まれたそうな」

「女にございました」

「空也のことは風の便りに存じておりましたが、まさか二人目の子がいようとは。船に隠れ潜んではるばる旅してきた甲斐がございました。もうすぐ空也と睦月を

わが腕に抱くことができるのですね」

「それにしても大胆極まりなき江戸入りにございますな」

と磐音が問いかけ、

「養母上、明和三丸に隠れ潜む部屋がございましたので」

遼次郎が驚きを隠しきれない声音で質した。

「新造船には参勤交代の折りなどに藩主実高様ご一行が摂津までお乗りになる座敷が設けてございましてね。有難くもそれを使わせていただきました」

「どなたかの手引きにございますか。それとも養母上の独断にて江戸まで到着なされましたか」

「遼次郎どの、いくら順風に恵まれたとは申せ、二十日以上の船旅を飲まず食わずでは、私とて我慢ができませぬ」

「すると、手引きする方が明和三丸に乗り組まれていたのでございますか」

「遼次郎どの、坂崎照埜は、痩せても枯れても豊後関前六万石の国家老の妻女にございますよ。盗人のような真似はできませぬ。ほっほっほ」

照埜がなんとも大らかに笑った。実子と養子の二人に会い、照埜にようやく余裕と落ち着きが戻ったようだと磐音には感じられた。

「磐音、初めての江戸入りに藩の御用船とは努々考えもしませんでした」

「母上、父上とご一緒に関前を出てこられたのですね」

磐音が問い、遼次郎がはっとして、照埜が頷いた。

「いかにもさようですよ。私ひとりでかようなことができるものですか」

「父上は江戸藩邸に入られましたか」

「いえ、今宵のうちに船を下りて、密かに入られるそうです」

磐音は、中居半蔵が伝えた話に関連しての国家老坂崎正睦と照埜の江戸極秘行かと推測した。

「父上の江戸入りは殿の命にございましょうな」

磐音の問いに首を傾げた照埜が、

「私は藩政のことは存じません」

と答えた。だが、さらに言い添えた。

「関前では、国家老とその妻女が高熱を発して寝込んでおりましてね、面会謝絶との藩御用医師田崎宗庵先生の命にて門を閉ざしていることに城下じゅうが驚き、慌てたことでしょうね。遼次郎どの、井筒家にも知らされておりませぬゆえ、伊代も案じていることでしょう」

「なんと、源太郎兄も義姉上も知らぬことですか」

「はい。私も船が瀬戸内の海に入るまで、どこへ連れていかれるのやら亭主どのから一言も説明されませんでした。尋ねもしませんでした。尋ねたところで昼行灯の亭主どののこと、聞こえぬ振りをなさったでしょうね」

と答えた照埜が、

「ともあれ思いがけなくも死ぬ前に江戸を見られ、磐音とおこんの子をわが腕に抱くことができるとは、長生きはするものですね、磐音」

「おこんが驚きましょうな」

「いえ、女子はこの程度のことで魂消たりはしませんよ」

と答えた照埜が、

「ほっほっほほ」

と笑い、霧子が操る猪牙舟は江戸の内海の奥から大川河口へと入っていった。

すると西の空に江戸城の森と甍が見えて、

「おうおう、江戸にございますな」

と照埜が喜びの声を上げた。

四

最近、女船頭としてめっきり腕を上げた霧子の操る猪牙舟が尚武館坂崎道場の船着場に到着したとき、季助が土手道で白山に散歩をさせていた。そこへ金兵衛と早苗が空也の手を引いて姿を見せた。

土手道には桜並木が点々と植えられて、今年は早くも蕾が綻びはじめていた。

「父上が戻ってこられたばい」

空也が思わず小田平助の西国訛りで声を張り上げ、早苗の手を解くと船着場に走り下りた。

舟から船着場に上がろうとした照埜の動きが止まり、空也を見た。

一方、土手道でも金兵衛と早苗が初めての訪問客を、

（だれだろう）

という顔で見た。

「空也にございます」

凍てついたように身動ぎしない照埜に磐音が言い、こんどは空也に、

「空也、ご挨拶を申せ」

「父上、どなたですか」

「おお、これは父が悪かった。そなた、父の国許がどこか承知か」

「豊後関前ばい」

「空也、平助様の訛りを覚えたか」

「父上、豊後関前です」

父と子の会話を照埜が食い入るように見詰めていた。

「よう覚えておったな」

「早苗さんも爺様も教えてくれました」

「豊後関前にはどなたがおられる」

「空也の別の爺上様と婆上様がおられます」

「婆上様の名はなんと仰る、知っておるか」

「てるの様にございます」

「ああ」

と叫んだ照埜が船着場に上がると、ひしと空也を抱き締めた。

空也が驚いて磐音を見たが、磐音は笑みを浮かべて頷き、

「豊後関前の婆上様が見えられたのだ。挨拶せよ」

と命じた。その言葉に、
ひえっ！

という驚きの声が土手道で上がった。

金兵衛だ。

照埜が両腕にしっかりと抱いていた空也を離し、

「驚かせてしまいましたな。婆の照埜です」

「坂崎空也です」

「よう挨拶ができました」

照埜はようやく孫との感激の対面から平静を取り戻し、空也の片手を握りながら、

「賢い子じゃ」

と呟いたが、こんどは両眼が潤んで空也の顔が霞んだ。

「さ、早苗さんよ、大変なことが起こったぜ。おこんに豊後関前の婆様が来たと伝えてくれ」

金兵衛が命じると、早苗が脱兎の如く尚武館の門に走り込んだ。

「どうした、早苗さん」

夕稽古を終えた利次郎と辰平が声をかけたが、早苗はもはや尚武館の裏手に姿を消していた。

「おい、なにがあった」

「分からぬ」

「辰平、金兵衛さんが固まっておるぞ。船着場で異変か」

辰平が無言で走った。そして、金兵衛のかたわらから船着場の様子を見下ろして、

「なんと」

と絶句し、立ち竦んだ。

「どうした、あの女子(おなご)はだれか」

追いついた利次郎が辰平に訊いた。

「若先生の母上照埜様じゃ」

「えっ、なにっ、豊後関前から出てこられたか」

利次郎をその場に残して辰平が船着場へと駆け下り、

「照埜様、お久しゅうございます。その節はお世話になりました」

と声をかけると、照埜が涙にくれた両眼を辰平に向けた。

「おや、その声は松平辰平様、逞しゅうおなりになりましたな」

涙を拭った照埜がわが子を慈しむような眼差しで見返した。

「驚きました」

「はい、私も驚いておりますよ」

辰平に手をとられて土手を上りながら、涙目に笑みをたたえて照埜が答えたものだ。そのとき、尚武館道場の門前に、

「義母上！」

声が響いて、睦月を抱いたおこんが姿を見せた。そして、尚武館の門前と土手上で嫁と姑が見詰め合った。

二人は数瞬無言の会話を繰り返した。言葉にするより何倍も、ただ今の境遇が分かり合える二人だった。そして、二人が同時に歩み寄りながら言葉を掛け合った。

「照埜様、よう江戸においでくださいました」

「おこんさん、孫の顔を見に参りましたよ」

二人は睦月を両側から抱き合って、三人が一つになった。

ままだった。

「婿どの、一体全体どうなっているんだよ」

金兵衛が船着場の磐音に問いかけたが、磐音の注意もまた母と嫁に向けられたままだった。

磐音が空也の手を引いて土手上に上がってきて、三代の坂崎家五人が一つの塊になって抱き合った。

折りからの風に桜が揺れた。

夕暮れの中、辰平ら門弟はまるで無言の芝居でも見ているような気分にさせられていた。

一方、船着場では霧子のかたわらにいつしか弥助が姿を見せて、霧子に事情を訊いた。手短な話を聞いた弥助が辰平、利次郎のふたりを呼び、

「豊後関前藩の国家老様と奥方様が藩船で江戸に出てこられたにはわけがなければなるまい。関前藩江戸屋敷とこの小梅村の警戒を厳しくしたほうがよろしいでしょうな」

と言った。

弥助は、豊後関前藩の国家老坂崎正睦の急な江戸出府と田沼一派の尚武館敵視が同じ根を持つものとは思わなかったが、警戒はするべきだと考えたのだ。

「師匠、関前藩の上屋敷に忍び込みますか」

「霧子、若先生の許しを得てからだ」

弥助が答えたとき、睦月を抱いた照埜を案内しておこんが空也の手を引き、金兵衛や早苗、門弟らと一緒に母屋へと向かって消えた。その場に独り残った磐音に弥助らが歩み寄ってきた。

船着場には、何年か前、大水が出たときに、流れ着いて生えた柳の細い木があって、西陽に浮かんでいた。

「なんぞ御用がございますか」

「弥助どの、わが父が今宵、関前藩江戸藩邸を密かに訪ねられるそうな。出府の仔細(しさい)は分からぬ。連絡(つなぎ)をとってくれぬか」

関前藩が抱える懸念については触れずに磐音は命じた。

「何人か門弟衆を連れていきますか」

「それは父の考えを聞いた上でよかろうかと思う。屋敷で連絡をとってよい者は父の他に一人だけじゃ。留守居役兼用人に出世なされた中居半蔵様お一人、なんぞあれば頼ってくだされ」

「承知しました」

弥助が磐音や照埜らを乗せてきた猪牙舟に走り、心得た霧子が師匠に従い、船頭役を務めて尚武館坂崎道場の船着場を出ていった。

磐音は、独り道場から母屋に戻りながら、正睦が母を連れて藩船で江戸に出府した理由を改めて考えた。そして、中居半蔵が磐音に願った関前藩の新たなる騒ぎが火急を要することであるとひしひしと感じていた。

半蔵は、正睦もこたびの騒ぎに関与しうる立場にある数少ないうちの一人と洩らしていた。それにしても正睦はなんの考えがあって、照埜を連れて江戸に出てきたのか。

一つだけ磐音には確信があった。

藩主の福坂実高がそうであるように、先の国家老宍戸文六と同じ立場に立った正睦が関前藩の不正に手を染めるなどあり得ないということだった。

庭に向かって開け放たれた座敷では照埜を囲んで、おこん、空也、遼次郎、金兵衛が談笑していた。寝床に戻された睦月の顔を照埜が食い入るように見詰めていた。その様子には江戸に到着し、子や孫に会えた安堵が溢れていた。

「母上、よう参られました」

縁側から改めて話しかける磐音の声は、いつもどおりに長閑なものであった。

照埜の顔が磐音に向けられた。

「そなた方を驚かせてしまいましたな」

「身内にございますぞ。なんの遠慮がございましょう」

「思いがけなくも照埜様に空也と睦月を見ていただけて、これ以上の幸せがありましょうか」

照埜の言葉に、磐音とおこんが口々に答えた。

「船旅はいかがにございましたな」

「われら夫婦は豊後関前を出て以来、一部屋に閉じ込められて船旅をしてきました。ですが、日中は広くもない部屋の小さな切り込み窓から揺れる海や陸影を眺めて過ごしました。その折りな、そなたとおこんさんが辰平どのを同道して関前を訪れた船旅の苦労を考え、また、江戸を離れて流浪の道中に難儀したことに思いをいたせば、これしきのことが我慢できずにどうすると、己に言い聞かせておりましたよ」

「父上は船中、どうしておられましたか」

と磐音が問うた。

「造り付けの小机に向かって始終書き物をし、何事か思案しておられました。亭主どのには江戸に密行される理由が分かっておられましょうが、こちらはなにも知らされておりませぬ。ただ江戸に参れば、そなたとおこんさんに会える、わが孫をこの腕に抱くことができる、その一念で耐えておりました」

「姑様、いえ、照埜様、ようも辛抱なされました。私の苦労などなんのことがございましょう」

おこんが長い船旅に耐えた照埜の手をとり、撫でた。

「遼次郎どの、もはや私の積年の夢は果たされました」

照埜が、関前藩を離れた磐音に代わり坂崎家の養子に入った遼次郎にも言葉をかけた。すると、

「驚いたぜ」

と金兵衛が洩らし、

「照埜様、わしがおこんの」

と自ら名乗ろうとした。その声に応じた照埜がゆっくりと顔を巡らして、

「おこんさんの父親の金兵衛どのにございますな。挨拶が遅れて申し訳ございません。磐音の母の照埜にございます」

「えっ、わしの名をご存じでございますか。ようも江戸に出てきてくださいました。わしなんぞは、大名家の暮らしなんぞ、見当もつきませんや。だがね、こうして照埜様が波濤万里を越えて孫に会いに来られた、そのことだけで両目が潤んできますので」

「有難い言葉です、金兵衛どの」

「いいですかえ、どんなことがあろうとも江戸には坂崎磐音ってうちの婿が控えておりますよ。なあに、どんな難儀だって、うちの婿にかかれば吹っ飛んでしまいますからね。剣だってそこそこ強いしさ、人柄もお人よしと言われるほど底抜けにいい。照埜様も心を平らかにしてくださいよ」

「お父っつぁん、磐音様の母親はどなたにございますか」

「婿のお袋だって。ああ、そうか、照埜様が母親か。そうだよな、うちの婿どののことは照埜様がとっくに承知だったな」

金兵衛が自ら吐いた言葉に得心した。

「舅どの、いささかそれがしも動じてしまい、舅どのを母に引き合わせることを失念しておりました。お許しください」

磐音が詫びると遼次郎に注意を向け、

「遼次郎どの、父が江戸に出てきたことを承知なのは、家中でも限られた人間であろうな」

　と改めて問うてみた。

「それがし、ただただ佃島で養母上の姿に接したときから動揺が収まりませぬ。家中で存じておられるのは中居半蔵様と江戸家老の鑓兼参右衛門様のお二人では。いえ、ひょっとしたら鑓兼様もご存じないことかもしれません」

　遼次郎が言い添えた。

　父と母の江戸密行は、極秘中の極秘の行動であったのだ。

「母上、明和三丸で父上と母上の世話をなした人物はだれにございますな」

「国許物産所組頭池田三右衛門どのの倅、琢三郎どのお一人です。それともう一人、亭主どのと連絡を取り合う人物がおられましたが、私は顔を見ておりませぬし、名も教えられておりませぬ」

「おお、琢三郎がお二人に同道しておりましたか。義兄上、池田琢三郎は父御の三右衛門様と同じく実高様の信頼厚き人物にございます」

　遼次郎が言い切った。すでに磐音が豊後関前藩を出て、十年以上の歳月が流れ、それ以前に江戸勤番と武芸修行の年月があったゆえ、磐音は関前藩の家中に疎くなっていた。

遼次郎に頷き返した磐音が照埜に問うた。

「母上、明和三丸の主船頭は当然、予期せぬ同船者があることを承知にございましょうな」

「むろん食事などの世話がございますゆえ同船者のあることは承知しておりましょう。されどだれを乗せているかまでは知りますまい。琢三郎どのともう一人のお方が私どもの部屋にだれ一人として近づかぬよう身を挺して務めてこられましたでな」

「琢三郎どのはただ今も父に従うておるのですな」

「私が本日下船する折り、先に磐音とおこんのもとに厄介になっておれ、それがしは後日参ることになろうと仰いました。琢三郎どのと今もご一緒かと思われます」

「豊後関前では、国家老の父と母の不在はどう受け止められているのでございましょうな。最前申された、二人して病に倒れたということがそう長く通じるわけもない」

磐音の考えは江戸藩邸から国許の関前に飛んだ。

「船旅も半ばを過ぎた頃、亭主どのが言われたことがあります。照埜、今時分、関前城下には、そなたが重い病に倒れ、肥後国阿蘇山中の秘湯治療がこの病に効くというので、夫婦ともども湯治に行ったという噂が流れておる、と洩らされました」

正睦はすべてお膳立てをなした上で密かに明和三丸に乗り込んだのだ。むろん藩主の実高と綿密極秘の打ち合わせがあっての江戸密行なのだ。

父にはなにか成算があってのことなのか、と磐音は思った。

「義兄上、それがしがなすべきことがございましょうか」

遼次郎が磐音に尋ねた。

「弥助どのと霧子に、駿河台藩邸で父上との連絡を頼んである。父と弥助どのが会えるかどうか、その後、こちらの動きは考えようか」

遼次郎に言い聞かせた磐音は、

「母上、よう江戸に参られました。われら、これ以上の喜びはございません」

と改めて照埜に声をかけた。

「最初はなにが起こったのやら分かりませんでしたが、今になってみれば、祝言を挙げて四十年余り、初めて亭主どのから最上の褒美を頂戴したようです。これが夢でなければよいのですが」

照埜がしみじみと言ったものだ。そこへ、

「おこん様、季助さんが今宵は早めに湯を立ててくれました」

と早苗が報告した。

「それはなによりのことじゃ。船旅では湯など使えませぬからな。母上、船旅の疲れを湯殿で洗い流してくだされ。それがしが女子なれば母上の背をお流しするのですが」

と磐音が言い、

「それは嫁の務めにございます。照埜様、私とともに睦月を湯に入れてはいただけませぬか」

と姑に願った。

「なに、婆に睦月の湯浴みを手伝えとな。はいはい、伊代を湯浴みさせて以来、長年なしておりませんが、この照埜に任せてくだされよ」

と張り切った。

「母上、空也も入りたい」

「空也、そなたは爺上様が参られたときだ。父と一緒に男同士で入ろうか」

磐音の言葉に空也が素直に頷いた。

女たちが湯殿に向かい、しばらくすると照埜の艶のある歌声が座敷に流れてきた。

「はあっ、おばばどこへいく、

三十五反の新造船に乗ってよ、

華のお江戸に孫抱きによー」

第二章　突き傷

一

その夜、弥助も霧子も小梅村に戻っては来なかった。おそらく駿河台の関前藩江戸上屋敷を見張って一夜を過ごしたのであろう。

坂崎家では、予期せぬ人の到来に夕餉（ゆうげ）の膳は賑やかだった。磐音一家四人に、照埜、遼次郎の他に金兵衛も残り、七人が膳を囲んだ。おこんは照埜を知る辰平も呼んだのだが、辰平は、

「今宵は坂崎家の方々水入らずでお過ごしください。それがし、正睦様ご来訪の折りにご一緒させていただきとうございます」

と遠慮した。

辰平は住み込み門弟の中で一人だけ膳に加わることで、利次郎らに複雑な思いを感じさせてはならじと考えたようだ。生まれたばかりの睦月は膳を囲んだ隣室に布団が敷かれ、そこで寝かされていた。

そんなわけで金兵衛が座持ち役になり、和(なご)やかにも賑やかな夕餉を楽しんだ。

磐音は弥助と霧子のことを気にかけながらも、遼次郎と酒を酌(く)み交(か)わす機会はもはやあまりあるまいと思い、金兵衛と三人、差しつ差されつ五合ほどの酒を飲んだ。

照埜もまたおこんに勧められて猪口(ちょこ)二、三杯ほどの酒に酔い、

「なんとも気持ちのよい宵でありますこと」

と頰(ほお)を染めて空也の箸(はし)遣いを見たり、睦月の寝顔を見たりと、なんとも幸せそうな表情だった。

「金兵衛どの、江戸がかように閑静な地とは考えもしませんでした。これでは関前城下と変わりませんよ」

夜になって一段と春の闇(やみ)が深くなり、小梅村が物音一つしないことに感嘆したりした。

「照埜様、この界隈は江戸の人に川向こうと呼ばれることもございましてな、江

戸とは呼べませんので。むろん今津屋さんがここに別邸を設けられたのは清雅な土地ゆえですよ。江戸は隅田川の右岸が中心にございましてな、公方(くぼう)様のおられる千代田城の界隈は、武家屋敷の甍がどこまでも続き、商家や長屋が犇(ひし)めく町並みが広がっております。照埜様の疲れがとれた時分に、この金兵衛が江戸名所をご案内しますでな、その折り、改めて江戸の感想をお聞かせくださいましな」

と答え、遼次郎も、

「養母上、関前藩邸のある駿河台から千代田城の方角を見ますと、どこまでも武家屋敷が続き、東に目を転じれば、大川と呼ばれる隅田川が帯のようにくねって流れる光景が望め、大都であることは一目瞭然です。とくにあとひと月もすれば桜真っ盛りの季節を迎えます。そういたしますと、藩邸からこの小梅村の下流の墨堤(ぼくてい)の桜並木がおぼろに眺められて、なんとも美しゅうございます」

と言い添えた。

「母上、佐々木家は神保小路なる、千代田城の北側に拝領地がございました。ですが、四年ほど前、幕府の意向で返上いたしました。その折り、おこんが奉公してきた両替商の今津屋どのが小梅村の御寮をわれら夫婦に提供してくださったのです。まさか三年半の流浪の旅の間もわれらのために空けてくれていたばかりか、隣地を買い増しして尚武館坂崎道場が仕度してあろうとは、夢にも考えませんでした。舅どのが言われるとおり、今津屋どのの御寮ゆえ、閑静なる小梅村にあり、母上が感じられるように物静かな鄙びた佇まいにございます。江戸見物は父上がこちらに参られてからいたしましょうか」

と磐音が言葉を添えるのへ、

「それはなんとも楽しみなことです」

と応じつつも、照埜はどことなく睡魔に見舞われている様子があった。

おこんが心得て客間に床を敷き延べ、

「照埜様、長の船旅にお疲れでございましょう。今宵は畳の上でゆっくりとお休みください」

と願った。

「おこんさん、ご一統様、真に不調法ながら、酒に酔うたのか未だ腰のあたりがふわりふわりとして眼差しも定まりませぬ」

「照埜様、船旅のせいにございまして、それは私にも経験がございます。波に体が揺られている気分が陸に上がっても数晩続くことがございます。ですが、今宵ぐっすりお休みになれば明日の朝には消えております」

と言いながら寝間に案内した。

照埜が床に就き、金兵衛もこっくりこっくりし始め、遼次郎が、

「それがし、長屋に引き上げます」

「それがいいわ。藩邸の様子が分かってから戻られたほうがいいでしょう。お父っつぁんも一緒に長屋に泊まっていって」

とおこんに勧められて、金兵衛もこの夜、小梅村に泊まることになった。

膳が片付けられ、空也も寝たあと、磐音は湯に入った。

母との夢想だにせぬ再会に磐音はしみじみと幸せを感じていた。老いた両親に空也を会わせたいと考えてきた磐音とおこんであった。睦月が生まれ、その考えがさらに強くなったところに、いきなり照埜の出現である。さらに正睦も出府してきているという。

磐音は関前を見舞った新たなる内紛の火種を考えながら、独り温めの湯に親しんでいた。

中居半蔵は関前藩の危機の内容を磐音には告げなかった。その理由を、

「それがしも不正に関与しうる立場にある人物ゆえ、それがしが先に説明しては、そなたに誤った考えを持たせることになるやもしれぬ」

と関前藩に生じた物産事業に絡めて述べた。

半蔵は磐音が必ず手助けしてくれると信じていた。それは父正睦が密かに藩の新造船に乗って江戸入りした事実があったからである。

磐音とて、還暦を過ぎた父を悩ます関前藩の不正疑惑を看過したくはなかった。だが、磐音はもはや関前藩とは関わりのない人間であることもまた事実だった。

父正睦に会い、話したいと磐音は痛切に考えていた。

そのとき、釜場で人の気配がした。

季助はすでに長屋に引き上げて、釜場に人はいないはずであった。

「だれじゃな」

と磐音は誰何した。

「坂崎磐音様にございますな」

落ち着いた声音が問いかけた。

「いかにも坂崎である」

声音に敵意があるとは感じられなかった。それでも磐音は不意の襲撃に備えて身構えた。むろん素手であったが、戦い方は心得ていた。

「関前藩中居半蔵様の配下の者にございます」

「纐纈どのか、石垣どのか」

「纐纈茂左衛門にございます」

「中居半蔵様の命じゃな」

磐音は念を押した。

「いかにもさようでございます」

と含み声が応じ、しばらく無言を通していた。

磐音からなにか問われることがあろうかと考え、間をおいた様子だった。

声音からして歳の頃、三十前後か。

「それがしが関前藩を離れたのは明和九年の夏のことであった。十年ひと昔と申すがそれを超えておる」

「もはや豊後関前とは関わりないと申されますか」

「父は国家老を務めておるゆえ無縁では済まされまい。また知り合いも、国許にも江戸藩邸にもおられる」

「なにより坂崎磐音様は、藩主福坂実高様の信頼厚き人物に間違いございません。藩士一同束になっても坂崎様ご一人の信頼には敵いませぬ」

磐音は纐纈姓にも声音にも覚えがなかった。

「そなた、代々の家臣ではないな」

「笠間膳右衛門と申せばご記憶がございましょうか」

「大納戸方の笠間様か」

「いかにもさようでございます。笠間膳右衛門はそれがしの叔父にあたります。その叔父が五年前に不慮の病で突然身罷り、笠間家には跡継ぎがおりませなんだ。ために叔父の兄たるわが父が当主である旗本纐纈家、その三男坊のそれがしに白羽の矢が立ちました。それがし、部屋住みの暮らしを存分に楽しんでおりましたゆえに、あれこれと理由をつけては断り続けました。その一つに笠間の本家である纐纈家を名乗らせよと無理難題を言うてみたのです。ところがあっさりと、纐纈姓で笠間家を継いでよいとの返答に、それがし、振り上げた拳を下ろすこともできず、笠間家を纐纈家に改名して継ぐことが決まりました。この決断をなされたのは国家老坂崎様にございましたそうな」

「そなたが陰監察の職に就いたのはいつのことか」

「二年近く前のことにございます。それがしが関前家中に加わった直後、国許に呼ばれ、国の諸事情を学べと正睦様直属に配されました。二年有余、ご家老はそれがしの言動、考えを観察なされて陰監察に就けられたと思います」

陰監察制度を考えたのは父の正睦という。

磐音はしばし沈思した。これ以上の問いは、自らをのっぴきならない立場に追い込むと感じてのことだ。

「坂崎様、仔細を申し上げてようございますか」

「断ったところで、そなたが黙って引き下がるとは思えぬが」

「それがし、坂崎正睦様と照埜様のお供で江戸に参りました」

「父と母の世話をなしたというはそなたか」

「いいえ、それがしではございません」

顔も見せぬ男が返事をした。ということは、照埜が口にした正睦と連絡を取り合うもう一人の人物が、この纐纈であったか。

「そなたが話す前に一つだけ質しておきたい」

「なんなりと」

「中居半蔵様は、こたびの藩不正にからんで、父も中居様も関わりがあっても不思議ではない立場にある、ゆえに藩の外に出たそれがしに力添えを頼むと申された。纐纈どの、父あるいは中居様が不正に関わっておられることが考えられるか」

「その問いに答えよと申されますか」

「そなたはなんなりと、と答えたな」

「ご家老も江戸留守居役兼用人の中居様も立場上、この不正に関わる力をお持ちにございます。さりながらお二人が手を組めば、かように危険な橋を渡らずとも金儲けの手立てはいくらもございましょう。それだけの闇組織と中居様は申されたのではございませんか。お二人が不正に関わっておられるならば、それがし、坂崎磐音様の前になんじょう立ち現れましょうぞ」

と緬緬がきっぱりと言い切った。

「相分かった」

磐音は緬緬に話を促した。

「安永が天明に改元された初夏、正徳丸がこの年の最初の江戸往来をなして関前の風浦湊に戻って参りました。家中の方々や城下の者たちが藩船正徳丸を迎えに船着場に大勢集まりました。いつもの風景にございます。それがしもその一人でございました。すると、なんと最初に下ろされたのは布に包まれた亡骸にございました。即刻、船に藩目付が乗り込まれ、主船頭らに質されたあと、物産方南野敏雄様が亡くなられたという話が湊に流れました」

「病ではないのだな」

「病ではございません。紀伊水道の田辺湊に停泊していた船中で何者かによって殺害されたのです。主船頭らが中心になり、探索に乗り出しましたが、下手人は杳として知れませんでした。死因は背中から刀でひと突きにございました。南野様の骸が見付かったのは夜明け前、甲板の舳先下にございましたが、そこが刺殺の場所ではございません。海に骸を投げ込もうとして、水夫が現れたのでそのまま放置した形跡にございましたそうな。南野様が殺されたのは中棚の船倉と思われました。その場に血が大量に流れた跡があったからです」

「そなた、亡骸を検められたか」

「はい」

磐音の問いに相手は短く答えた。

「船に乗っていた人間は主船頭以下十八人にございました、士分六人が含まれており、その一人が南野様でした。極秘裡に探索が行われましたが、とうとう下手人は判明しなかったのです。それがしはその直後にご家老の坂崎様に呼ばれ、関前藩城下物産所の陰監察に命じられたのです」

「そなたの他にもう一人、同輩の石垣どのも同じ時期か」

「いえ、それがしが坂崎様からこの職を命じられたのに対し、江戸藩邸の物産所方の石垣どのは中居半蔵様のご指名にございます。とはいえ、国許と江戸でそれぞれが拝命しましたが、国家老坂崎正睦様のお考えで命じられた陰監察であることになんら変わりはございません」

「二人は相協力して監察に携わるのか」

「それがしは関前、石垣どのは江戸ゆえ、互いの連絡打ち合わせは藩船に載せられる御状嚢(ごじょうのう)に託してのことになります」

「話の腰を折ってしもうたな。続きを聞こうか」

「それがしが坂崎正睦様から命じられたのは、南野様を殺害した下手人を見付けることではございませんでした。藩船の豊後一丸と正徳丸、豊江丸を利用して、藩が関知する物産事業とは別の企てが行われておる、その不正の企てを解明せよ、というものにございました」

「なんとも漠然とした指示じゃな」

しばし纐纈が沈黙した。話すのを躊躇したのは、そこまで触れることを許されていないからか。

「上役から許されておらぬことは口にせずともよい」

「いえ、申し上げます。それがしがご家老に呼ばれ、陰監察を命じられた場で、ご家老は南野様殺しで分かっている事実をいくつか告げられました。その一つは、物産方が正徳丸や豊後一丸、豊江丸に同乗するようになったのは、藩内で不正が行われているとの疑いがあったからだということでした。南野様は藩船に乗ってその証拠を摑む役目を負わされていた、つまりわれら陰監察と同じような役目に就いておられたのです」

「なんとのう」

「もう一つは南野様の亡骸の口に阿片の入った薬包が隠されておりました」

「阿片とな」

磐音の五体が総毛立った。

「南野様は阿片を常用していたわけではございません。おそらく、戻り船の正徳丸の船内に秘かに積まれていた阿片を発見した直後に、後ろから迫った下手人にひと突きにされたのでございます。が、断末魔の最中、口に証拠の阿片を含んで隠したところで力尽きた。下手人は暗い船倉ゆえ、その動きを見落としたと思われます」

豊後関前と長崎は日田を経た街道一本で繋がっていた。ゆえに長崎に入った異国の品々が関前へと届けられた。もしこの街道を通って阿片が関前に入り、藩の御用船で江戸に運ばれたとしたら。そして、それが幕府の知るところとなったら、豊後関前藩にお取り潰しの沙汰が下されても致し方ない、それほどの大罪だった。

「それが二年近くも前のことか」

「はい。南野様が殺された正徳丸の徹底的な船内捜索が行われましたが、南野様が口に含んでいた阿片の薬包しか見つからず、阿片そのものも隠し場所も、携わった面々も割り出せませんでした。おそらく骸が見付かったあと、船に乗り組んでいた一味の者がすべての証拠を隠滅したと思えます。そして、南野様殺しの後の物産交易に際して、藩目付は殊更に船内の捜索を繰り返し行いましたゆえ、以後、阿片が藩船に積み込まれることはなかったと思われます」

「阿片の抜け荷に携わる者は未だ摑めぬのか」

「大きな阿片抜け荷一味が長崎、関前、藩船、そして江戸に組織されていることは間違いないことです。ただし、未だ判然とはしておりません」

纐纈が答えた。

仔細を承知していたとしても、正睦や中居半蔵からそのことを誰にも伝えてはならぬと厳命されているのであろう。

「新造の明和三丸が関前藩の新たな物産事業に加わった時期に、父、いや、国家老はなぜ密かに出府されたのか」

「それがしにはなにも知らされておりません。されどご家老が極秘に新造の明和三丸に乗られて江戸に出府されるほどのなにかが判明したからに相違ございません」

　磐音は急ぎ正睦に会うべきだと考えた。

　もし阿片抜け荷の本丸が江戸にあるならば、単身江戸藩邸に乗り込んだ正睦の安否が案じられた。

「念を押すが、父と母の江戸出府は実高様もご承知のことであろうな」

「殿に綿密な報告をなされ、お互いが立場を分かり合った上での江戸密行に間違いございません。ご家老が殿の意に反して関前を離れられるようなことは、決してございません」

　纐纈が言い切った。

「こたびの新造船での船旅、そなたが異に感じたことはないか」

「それがしも神経を張りつめて乗り組んだ者全員の動きを見張ってきましたが、なにしろご家老様と奥方様のほかにも、新造船ゆえふだんの船旅よりも多い二十四人ほどが乗り組んでおりましたゆえ、すべての者の行動を見通せたかと申せば、正直自信がございません。されど新造船明和三丸内に阿片が積まれているのであれば、それを持ち出すための隠された手段があるものと存じます。海産物など荷が下ろされる大騒ぎの間や、江戸から持ち帰る荷を積み込む最中では、中居半蔵様方も警戒の目を光らせておられましょう」

磐音は纐纈の話を頭で整理しつつ考えた。ためにしばし沈黙があった。

「繰り返しになるが、父はなんぞ考えがあって、こたび江戸に出てこられたのだな」

「間違いございません」

と纐纈が答えたとき、湯殿の脱衣場に人の気配がした。

「おまえ様、どうなされました」

おこんがあまりの長湯を案じて訊きに来たのだ。

「おこんか。母上が船で江戸に出てこられたご苦労を思うてな、つい長湯になってしもうた」

「いえ、なんぞ話し声がしたような気がしたものですから。ひょっとしたら、弥助さんか霧子さんが戻られたのかと思いまして」

「そうではない。歳を取ったせいかのう、独り言を言うようになったのやもしれぬ。もう上がる、案ずるな」

おこんの気配が消えた。そして、纐纈茂左衛門の気配も消えていた。

二

その翌日のことだ。磐音は朝稽古の最中、霧子の姿を見て、指導していた神原(かんばら)辰之助(たつのすけ)に断り、玄関先に行った。

「ご苦労であったな、霧子」

いえ、と短く間をおいて答えた霧子が急ぎ報告した。

「深夜になって、駿河台のお屋敷に師匠が忍んで行かれました。正睦様がどこにおられるか居場所が判然としないこともあって、手間どられたのでございます。師匠が潜入して一刻(二時間)余りが過ぎた八つ(午前二時)の刻限、屋敷内に火事だという声が響いて、騒ぎが始まったのでございます」

「弥助どのの侵入に気付かれたか」

磐音は、老練な密偵の弥助がそのような失態を演じるはずもないと思いつつも霧子に問うていた。

「いえ、そうではございませんでした。東の表門前に忍んでおりました私は、師匠が危難に落ちたのかと思い、案じておりました。騒ぎが起こって四半刻後、屋敷内は急に静けさを取り戻しました。そして、師匠が姿を見せられて、異変を私に告げたのでございます。台所で火事騒ぎが起こり、屋敷じゅうの者が大慌てで台所に駆け付けますと、行灯(あんどん)が倒れて燃えていたそうでございます。ですが、板張りの床を焦がした程度で済んだそうです」

「その騒ぎの最中に起こったことはないか」

磐音は父の正睦の身に異変があったことを悟っていた。

「留守居役御用部屋に中居半蔵様が独りで姿を見せられ、たれぞおるかと囁かれたそうな。そこで師匠がここに控えておりますと床下から応じますと、尚武館の者じゃな、と念を押されたそうにございます。そこで師匠が名乗られると、少しばかりほっとした口調の中居半蔵様が、『尚武館の主に伝えてほしい。敵方に先手を打たれた、江戸に出てこられたお方が敵方の手に落ちた』と申されたそうにございます」

「なんと父が」

磐音は思わず驚きの声を洩らしていた。

「家中の注意が台所に集まった最中に、屋敷の西門から密かに出ていった乗り物があったそうです」

「父が勾引しに遭うたというか」

磐音は暗然とした。

「中居様は、敵方の動きが実に素早い。明和三丸に同乗しての坂崎正睦様の江戸微行が二日目にして早くも敵方に知れたということは、明和三丸に乗り組んだ者の中にも不正に関わる一味がいたとしか考えられぬ、と申されたそうです」

磐音は、何年も前から阿片を江戸に送り込む一味の面々ゆえ、当然、新造船の明和三丸に乗り組んでいる者の中に謎の同船者に気付いた者がいたとしても不思議ではないと考えていた。二十数日の船旅である。二人分の食事が藩主の使う座敷に届けられる様子を知れば、当然訝しく考えるであろう。

「中居様は、父が連れていかれた場所に心当たりはあるのであろうか」

「いえ、それは。深夜の事態にございます。また、そのお方の江戸藩邸滞在が極秘のこともあって、藩内を騒がすわけにはいかぬようでございます。そのお方の他にだれが家中から姿を消したか、朝にならねば分からぬと申されたそうな。ただし一人だけ、石垣とかいう家臣の方が姿を見せぬのはたしかと若先生に伝えよと師匠に申されたそうにございます」

「およそのことは分かった。弥助どのはどうしておられるな」

「再び屋敷内に潜入され、中居半蔵様と密に連絡を取り合って、なにが藩邸内で起こっているのか、その都度知らせる、と言い残されました」

「分かった」

（どうしたものか）

　磐音は思案に落ちた。だが、あまりにも情報が足りなかった。ために慌ただしく動いても為になるまいと、ここは関前藩からの連絡を待つしかないと肚を固めた。

「若先生、どういたしましょうか」

「霧子、駿河台富士見坂付近は武家屋敷ばかりである。見張りの場所を設けるのも難しかろう。書状を認めるゆえ、表猿楽町の奏者番速水左近様に願うて、そなたの待機場所とせよ。速水様のお屋敷ならば豊後関前藩上屋敷からさほど遠くないでな」

　磐音は速水に宛てて一通の書状を認めながら、駿河台富士見坂上の関前藩上屋敷は速水邸にも近いが、同時に神保小路とも指呼の間ということを考えていた。だが、何分情勢が分からなかった。

　速水左近に宛てた書状をまず霧子に預け、

「霧子、弥助どのは心得ておられようが、無理な探索はせぬよう伝えてほしい。関前藩の騒ぎに尚武館の主が関わりあると、できるだけ世間には伏せておきたい」

　と磐音は注意した。

神保小路にあった尚武館はただ今田沼意知の息がかかった旗本日向鵬齊の屋敷になっていた。豊後関前の不正に田沼一派が関わっているとは考えられなかったが、尚武館坂崎道場を敵視する田沼一派にこちらの懸念は知られたくないと用心をしたのだ。

　霧子がその内意を承知したとき、磐音はその場に遼次郎を呼んだ。

「なんぞ屋敷に異変がございましたか」

　遼次郎も磐音が霧子と話し合う姿を気に留めていたのだ。

　磐音は、正睦が入府した大まかな事情と、霧子から報告されたことを手短に遼次郎に告げた。

「なんと養父上が」

「中居様方の予想を超えて、藩内に巣食う面々は存外に大がかりやもしれぬ。先手を打たれた」

「養父上のお命が危のうございます。それがし、これより藩邸に立ち戻り、なんとしても養父上の行方を突き止めまする」

遼次郎が即座に行動しようとした。

「落ち着かれよ、遼次郎どの。相手方が坂崎正睦の命を奪うのであれば、屋敷外に連れ出すというような迂遠な方法はとるまい。その場で殺害を企てよう。藩邸外に連れ出したということは、父上らがこたびの不正をどれだけ承知か、探る狙いがあったと思える。となればすぐに父を殺める真似はすまい。われらは、許された時を有効に使うて反撃の機会を待つしかない」

「義兄上、それがしに小梅村に残れと申されますか」

「いや、藩邸に戻り、まず中居様に会われよ。そなたの江戸勤番が終わり、同時に尚武館での剣術修行が終わったことも、もはや屋敷内で知られていよう。終日藩邸にいたとしてもなんら不審は持たれまい。じゃが、細心の注意をなされよ。そなたは坂崎正睦の養子、跡継ぎじゃからな。相手方の刃がいつそなたに向けられるやもしれぬ」

「中居様の命に服します」

「それから霧子は表猿楽町の速水様のお屋敷に待機しておる。そなたには、屋敷内に潜入している弥助どのと速水邸で待機する霧子との連絡役を果たしてもらいたい。よいな、平静を装い、行動するのじゃぞ」

畏まりましたと返答した遼次郎が長屋に戻って着替えを済ませ、霧子と連れ立って小梅村から姿を消した。

尚武館の玄関先に磐音一人が残された。

尚武館坂崎道場の師範格の依田鐘四郎が磐音のもとに来た。

「若先生、なんぞ異変が生じた様子じゃな」

「関前藩江戸藩邸に密かに入られた父が、何者かによって屋敷外へと連れ出されたそうな」

鐘四郎には正睦が勾引された事情だけを告げた。

神保小路の直心影流尚武館佐々木道場の兄弟門弟として同じ釜の飯を食い、磐音が佐々木玲圓の養子になって、その後継に決まったあとも、互いの友情と信頼は揺らぐことなく続いていた。そして、なにより家基の死と二人の師であった玲圓とおえいの殉死の哀しみを、ともに経験してきたのだった。

　鐘四郎は腕組みした。

「豊後関前藩になにが起こっているのか」

「藩船を利してなにやら不正が行われておる様子。国家老の父が母を伴い、江戸に密行してきたことを察知し、相手方は先手を打ったようなのです」

「正睦様の行動が藩主実高様の意を受けてのことなれば、相手方の反応は当然であろう。十年以上も前、藩を二分する騒ぎがあった大名家だ、内所が豊かになればその金子を着服しようとする輩が必ず現れるものです」

　鐘四郎が言い切った。

「若先生、なんぞ手伝うことはありませんか」

「師範、尚武館の門弟をこの騒ぎに関わらせたくないのです」

「見て見ぬふりをせよと言われるか」

「豊後関前藩の騒ぎにございます。わが門弟には大名家、旗本の子弟がおられます。これらの方々の助力を受けるわけには参りません」

「坂崎磐音らしい考えかな。だが、われらは同じ釜の飯を食い合うた仲。とりわけ松平辰平、重富利次郎の二人はそなたを師とも兄とも敬愛している若者。これまでも、ともに死線を越えてきた間柄ではないか。黙っているわけにはいくまい」

　詰め寄る鐘四郎を前に、磐音は思案した。

「正睦様が敵方に落ちた一事、お母上とおこん様はご承知か」

「いえ、未だ伝えてはおりませぬ。おこんには話さなければと思うておりますが、母を心配させとうはないのです」

「お母上には今伝えるときではあるまい。かような心配は無益以外のなにものでもござらぬでな」

　鐘四郎が言い切った。

「すでに弥助どのと霧子は動いているようじゃな」

「他に義弟の遼次郎はすべてを承知です」

　磐音は答えながら、豊後関前藩の家臣磯村海蔵と籐子慈助を巻き込むべきではないと考えていた。

「ならば、小田平助どの、それがし、辰平、利次郎の四人を坂崎正睦様救出隊の数に加えよ」

　磐音は兄弟子の強い気持ちを受けることにした。

「となれば小梅村で談義するわけにはいくまい。どこぞ別のところに話し合いの場を設けなくては」

「昼下がり八つ半（午後三時）、今津屋に集まるというのはどうですか」

「承知した。小田どの、辰平、利次郎にはそれがしから話す。ばらばらに今津屋に集まることとし、それまで知らぬ振りを通す」

「師範、お頼み申します」

兄弟子たる依田鐘四郎の心遣いを受けた。

磐音はその足で母屋に戻った。

この日、照埜は早苗と空也に案内されて長命寺(ちょうめいじ)見物に行っていた。

「おこん、着替えを頼む」

と願った磐音におこんが、

「弥助様方からなにか連絡が入りましたか」

と尋ねてきた。

「おこん、心静かに聞いてくれぬか」

「なんでございましょう」

「父が藩邸内から何者かに連れ出された」

と前置きして、霧子からもたらされた事実を包み隠さず告げた。

「なんということが」

驚きを通り越した怒りとも哀しみともつかぬ表情を一瞬顔に刷いたおこんは、

「いえ、正睦様は必ず元気に小梅村に参られ、空也と睦月を両腕にお抱きになれます」

と言い切った。

「それがし、豊後関前の騒動には関わるまい、もはや無縁の人間じゃと己に言い聞かせてきたが、許せ、おこん」

「坂崎磐音は、どのようなことがあろうとも正睦様の嫡男にございます。そして、こんが惚れた亭主どのにございます。父親の危難に立ち上がらなくては男が廃ります」

「心強い言葉かな。じゃが、一つ頼みがある」

「照埜様にはしばらく内緒にしておくのですね」

「いかにもさよう」

打てば響くような返事は、若き日のおこんさながらだった。

「おこん、そなたと出会うて幸せじゃ」

「申されますな。私どもは二世を契った夫婦にございます」

磐音はおこんの用意した外着に着替え、備前包平を手に玄関に下りた。おこんが塗笠を手にして、

「陽射しが強うございます。笠をお持ちなされませ」

と渡したとき、門前に賑やかな声が響いた。

磐音は包平を腰に差しながら門を見た。

「照埜様、この金兵衛がおいおい本所深川をご案内申しますでな、船旅の疲れが消えた時分に船を仕立てて本式な江戸見物に参りましょう」

金兵衛の声に空也が、

「爺様、空也も関前の婆上様といっしょに見物に参る」

「空也も一緒に金兵衛に従いますか。婿どのとおこんに許しを得てな、賑やかに参りましょうか」

照埜一行にいつしか金兵衛が加わったようで、長命寺名物の桜餅の包みを提げて玄関先に姿を見せた。

「おや、婿どのは他出かえ」

「舅どの、母のお守りを宜しゅう願いまする」

「おうさ、江戸のことならこのどてらの金兵衛様が心得ているって。万事任せておきねえ」

と胸を叩いた。

「磐音、出かけるのですか」

照埜が笑みを浮かべながら訊いた。

「前々から決まっておった用事がございまして、どうしても断りきれませぬ。この二、三日忙しのうございますがお許しください」

磐音は照埜にそう言い訳した。

「長命寺の境内から江戸を見て、江戸の大きさが分かりました。有名な金龍山浅草寺の甍も公方様のおられるお城も、川越しに見ることができました。いきなり江戸の真ん中に宿をとるよりも、少し離れた小梅村のこの家から江戸を知り、ゆるゆると賑やかな江戸に近付いていくのが、よい思案ですよ」

昨晩、小梅村で体を休めた照埜の顔色はよく、船旅の疲れもだいぶとれたように見受けられた。

「おーい、玄関先でなんぞ談合か。梅見に行こうというのであれば、わしも同道いたすぞ」

安藤家の萌黄色の紋付法被の裾を絡げた武左衛門の声が門前に響き渡った。

「父上、今日は駄目にございます」

早苗が慌てて武左衛門を制止に行った。だが、

「早苗、わしと坂崎磐音とは、あやつが食うや食わずの素浪人の頃から肝胆相照らす間柄じゃ。幾多の風雪に共に耐え、艱難辛苦を乗り越えてきた友じゃぞ。娘のそなたとは付き合いの度合いが違うでな」

早苗が大手を広げるのを避けて、のしのしと玄関先に歩み寄ってきた。

「うむ、見知らぬ顔が一人混じっておるな。どてらの金兵衛さんや、そなた、まさか後添いを貰うたなどとは言うまいな」

武左衛門が照埜を見た。

「そなた様が武左衛門どの、早苗さんの父御でございますな」

おこんから説明でも受けたか、照埜が言った。

「いかにもそれがし、竹村武左衛門じゃが」

と刀の鍔元に左手をやる仕草をした武左衛門が、はっと気付き、

「中間の武左衛門じゃったな」

と寂しげに呟いた。

「武左衛門どの、磬音がたいそう世話になっております」

照埜が腰を折って頭を下げた。

「たしかにこちらの主の世話はしておるが、はて、どなた様にござろうな」

武左衛門が頭を下げた照埜を見、磬音に視線を移した。

「若先生、どなたじゃな」

「母にございます」

「なに、母じゃと。まさか豊後関前藩六万石国家老の奥方様ではあるまいな」

「まさかの母にございます」

「な、なんと、ぶ、豊後から江戸に独りで出て参られたか」

「のようでございますな」

「これ、若先生。もそっとしっかりいたさぬか。老いた母親がはるばる西国から江戸に出て来られたのだぞ。江戸見物なりなんなりと案内する者はおらぬのか。なんならこの武左衛門がその役務めようか」

「武左衛門の旦那、すでにこの金兵衛が相務めておりますよ。どうぞ旦那は陸奥(むつ)磐城平(いわきたいら)藩安藤家下屋敷の御用を精々務めなされ」

「うーむ、どてらの金兵衛にお役を奪われたか。残念無念なり」

武左衛門が唸り、照埜が、

「磐音、そなたの知り合い、朋輩衆には面白いお方がおられますね。ほっほっほ」

となんとも楽しげに笑った。

「母上、それがし、生涯金銀財宝には無縁にございます。されどおこんをはじめ、多くの人との出会いがございまして退屈はいたしませぬ」

「金銭は使えば消えていくもの、人を空しゅうすることもございます。師や朋輩や嫁や舅どの、大勢の人に恵まれることがどれほど心豊かなことか。江戸で苦労をしているのではあるまいかと考えながら豊後関前を出て参りましたが、この分ならば安心です」

「いかにもさようです」

母に応じた磐音はおこんの用意した塗笠をかぶり、門へと向かった。すると空也の声が、

「父上、いってらっしゃいませ」

と追いかけてきた。

磐音は門前で振り返ると一同ににこやかに会釈した。

三

磐音が今津屋に着いたとき、依田鐘四郎、小田平助、松平辰平、重富利次郎の四人はすでに顔を揃えていると由蔵が言った。

磐音は小梅村から御家人品川柳次郎の屋敷を訪ね、地蔵の竹蔵親分の店へと回り、さらに深川鰻処宮戸川に立ち寄って用事を済ませて両国橋を渡ったのだ。

「由蔵どの、断りもなくこちらを集まりの場にして申し訳ござらぬ」

「なんのことがありましょうか、今津屋と坂崎家は親戚以上の付き合いにございますぞ。坂崎家の危難は今津屋のそれにございます」

今津屋の大番頭たる老分の由蔵が言い切り、

「坂崎様、依田様よりおよその話は伺いました。十年ひと昔と言いますが、またぞろ関前藩に腹黒い連中が現れましたか。殿様のご命で江戸屋敷に出てこられた国家老の坂崎正睦様を屋敷から連れ出すなど、許されることではございません。うちでも旦那様が、店を挙げて正睦様の行方を突き止めるよう命じられました」

と腕を撫する態度で応じたものだ。

「わが旧藩のことでご迷惑をおかけいたします。されど吉右衛門様のお考えと由蔵どののお言葉に接し、坂崎磐音、勇気百倍にございます」

「照埜様にこの一件が知れないうちに、なんとか事の解決を図りたいものでございますな」

由蔵はわがことのように言い、

「今津屋が坂崎磐音様の幕営になったということを速水左近様の屋敷に知らせてございますでな、関前藩に動きがあれば速水家を通じて霧子さんが知らせてきましょう」

「おお、これは手早いお指図、恐れ入ります」

磐音は由蔵の手配りに感謝した。

「恐れながら、江戸府内で起こったことなら、お武家様方より今津屋が江戸市中に張り巡らした網が頼りになります。老中様から乞食様に至るまで関前藩に関する言動は、すべてうちに集まるよう、しかるべき所に命じてございます」

「重ね重ね恐縮至極にございます」

今津屋は江戸の金融、両替商六百余軒の筆頭で惣代というべき両替屋行司を務めているため、金の流れに伴い、あれこれと噂話が集まってきていた。

「由蔵どの、関前藩の内紛が幕府や世間に広まることは避けとうございます」

磐音が案じ顔で由蔵に言うと、

「坂崎様、いささか手前味噌ではございますがな、この今津屋の古狸、まかり間違ってもさような所には頼みはしませぬよ。いずこも口が堅いことは保証します」

とぽんと胸を叩いたものだ。

「ささっ、皆さんがお待ちですぞ」

由蔵自ら店の裏側に設けられた店座敷に磐音を案内していった。

今津屋の店座敷とは正しくは店裏座敷で、主一家が暮らす奥座敷とは区別されていた。武家や大事な得意客を通すための商い座敷だ。すると六畳の店座敷に四人が緊張の顔で待ち受けていた。

「遅くなって申し訳ござらぬ」

「総大将はあれこれと考えることがございまっしょうもん。致し方ございまっせんたい」

と小田平助が答え、

「われら三人、依田様から事情は聞きましたばい。なんちゅう輩やろう、武士の風上にも置けんとはこのことたいね」

一同を代表しておよその事情は察していることを磐音に告げた。

四人の前に江戸の切絵図が広げられていた。どうやら由蔵が店の切絵図を貸し与えたもののようだ。

「わが旧藩の、それも父がからんだ出来事にご一統を引き込むことは、坂崎磐音、いささか躊躇いたしておりました。されど、佐々木道場以来の兄弟子にして師範の依田どのに、かような大事を話さずにいるならば、同じ釜の飯を食い合うた仲間ではないと諭されて、かく手助けを願うことになり申した。そのことを、まずはご一統に許しを乞いたい」

「若先生、そげん言葉はくさ、いっちょん要らんたい。小梅村に尚武館坂崎道場の看板を掲げて以来、坂崎磐音を父親とも主とも敬う身内同然の一家たいね。身内の中でくさ、隠し事があっちゃならんたい」

と平助が言い、

「いかにもさようです。若先生がお一人で行動なされたとしたら、われらのことを未だ信頼しておられぬかと、この重富利次郎、悲憤慷慨したことでしょう。まして霧子や弥助様がすでに敵陣深く潜入し、探索方を果たしておるというのに、われらがのけ者にされたとしたら、一生若先生をお恨みすることになります」

　利次郎も言葉を添えた。

「小田どのと利次郎どのの言葉、有難く拝聴し申した。坂崎磐音、心得違いをしていたやもしれぬ。許されよ」

「よかよか。総大将はたい、平助、あれせえ、利次郎、こうせえ、と命じてくれるだけでよかと。そいがくさ、家来どもを自在に動かすこつたいね」

「いかにもさようでした」

「もっともくさ、小田平助、総大将になったことはなかもん、そげんことじゃなかろうかと思うただけたい」

　平助が滋味（じみ）のある大顔に照れ笑いを浮かべたお蔭（かげ）で、磐音も気持ちが軽くなり、心強くも感じられた。

「ところで関前藩の内紛に私どもが直接関わり、首を突っ込むことはできるだけ避けたいものでございますな。私どもは坂崎正睦様の行方を突き止め、ご無事に奪い返すことを優先して動くことがなによりかと思います」

　軍師然とした口調で由蔵が一同に言い渡し、

「いかにもさようです」

　と磬音が受けた。

「夜中に駿河台富士見坂上の藩邸から、家中の悪どもが国家老様をどこへ連れ去ったか。広い江戸にございますがな、人ひとりを隠すというのは意外に大変なことでございましてな。まして大名家に関わる面々が考えることです。関前藩の芝(しば)二本榎(にほんえのき)の下屋敷あたりが、まず面々が正睦様を幽閉する場所に考えるのではございますまいか」

　由蔵がまず議論を進めて、一同が切絵図の品川宿に視線を落とした。由蔵は両替商いを通じて、武家の行動範囲や考えが狭いことを承知していた。江戸に住まう武家の大半が幕府の顔色を窺(うかが)いつつ、武家諸法度(ぶけしょはっと)をはじめとする規範や習わしから踏みはずさぬように暮らしていることを重々承知していた。

「由蔵どの、それがしもまず下屋敷は探っておくべきかと存じます」

　と磬音が賛同した。

「ならばこの集まりが済み次第、それがしが芝二本榎に走ります」

　利次郎が真っ先に志願した。

「失礼ながら土佐高知藩のご家臣の倅どのが、他家の大名屋敷にどのような用件で忍び込まれますな」

うっ、と利次郎が息を詰まらせた。

「由蔵どの、すでに手を打たれたのでござるか」

「坂崎様、いささか差し出がましいとは思いましたが、品川宿には武家屋敷の奉公人を仲介する口入屋(くちいれや)がございましてな、うちとはそれなりの付き合いがございます。この者に、関前藩下屋敷に異変があるかないか調べてほしいと命じてございます。どこの大名家でも常雇いの中間小者(こもの)ばかりではございません。参勤交代の折り、江戸出府、入府だけ日雇いの中間小者を雇って数を揃えますな。うちの知り合いの口入屋、芝車町(しばくるまちょう)大木戸の木戸屋平兵衛(きどやへいべえ)が品川界隈の大名諸家に出入りしておりますでな、この平兵衛さんのもとに新三郎(しんざぶろう)を走らせております」

一刻を争う商い、両替商の老分番頭の動きは素早かった。

「由蔵どの、驚きました」

「坂崎様、勝負は先手必勝と申しますな。こちらは正睦様の身柄を先方に取られて後手に回っております。ともかく素早い探索が要ろうかと、差し出がましいことをいたしました」

「的確なご指示に言葉もございませぬ」

「するとわれらはなにをなせばよいのであろうか」

利次郎が呟いた。

「ただ今われらにできることは、待つことしかない。まず正睦様がどこにおられるのかを探り出さねば動くに動けぬ」

利次郎の呟きに依田鐘四郎が応えた。

「坂崎様、十年余前に関前藩の内紛で処断された残党が力を蘇らせたのでございましょうかな。いえ、私どもが関前藩の内情に首を突っ込むつもりはございません。それは先ほども申し上げました。されど、関前藩の中興の祖と呼ばれる国家老の坂崎正睦様を無体にも勾引すなど尋常ではございません。事情を知って動くのと知らずに動くのとではだいぶ違いがございましょう」

由蔵が磐音に忠言するように言った。

頷いた磐音は即断した。この場に集う者は揺るぎない信頼で結ばれている者ばかりだ。その人々に真相を知らせもせずに手助けだけを頼むのは勝手すぎた。

「それがしが知らされていることは、関前藩に起こっている不正のごくごく一部であろうと思います。それをご一統にお話し申します。まず由蔵どのの疑念にござるが、十年余前、宍戸文六様らが関前藩の藩政を専断して、藩財政が困窮に落ちた騒ぎの残り火が、歳月を経て燃え上がったということではないように思えます。ただ今の豊後関前藩は、それがしの推測では石高六万石の所帯の三倍、いや五倍の実高がございましょう。それは関前の物産、海産物を江戸に運び込み、帰り船に江戸で仕入れた品々を積み込んでの交易がもたらす利益の力にございます。これも偏に今津屋どの、魚河岸の乾物問屋若狭屋どの方のお力添えのたまもの。もはや参勤交代のたびに高利の金子を借り回る要はございません。ゆえに先の宍戸文六様方の専断を巡る、藩を二分しての騒ぎとは様相が異なるように思えます」

　磐音はまずそのことを告げた。その上で、

「こたびの騒ぎには長崎がからんでいると中居半蔵様は考えておられます」

「長崎がからんでいるとは、またどうした意味でございますな」

「西国の大名諸家は江戸から離れているゆえ、幕府の禁じられた鎖国令をかたちばかり順守して、異国との交易を密かに行っておられる雄藩もございます」

「琉球をお持ちの薩摩様ですかな」

「まあどこと藩の名を上げることはお許しくだされ。わが関前藩は西国大名の中でも六万石と石高が少なく、島津様や黒田様、細川様のような力はございません。

されど長崎に入る物品や異国事情は、江戸で考えられるよりも素早く日田往還を通じて関前城下に運ばれ、伝えられるのでございます」

「ははあ」

由蔵がなにか思いついたことがあるのか一人首肯した。

「なんぞ今津屋さんにもたらされた話がございますか」

「豊後関前藩から江戸に運び込まれる物産が数年前より様変わりしたと、さる筋から聞いたことがございます」

「それがしも、こたび中居様より聞かされて驚きました。長崎に入った異国の品々の一部が日田往還を通じて関前に運ばれ、それが江戸に持ち込まれて、高値で取引きされておるそうな。いえ、これら長崎口の品々は抜け荷ではございません。長崎奉行が、オランダ交易や唐人交易の珍奇な品の一部を『お調べもの』の名目にて買い取り、京で売りさばいていることは世間に知られた事実にございます。関前でも最近では長崎に藩屋敷を設け、長崎会所が扱う品を買い求めて関前に送り込み、さらに江戸へと運ぶことで、藩物産事業は多額の扱い高になっているそうです」

磐音は半蔵から聞き知った関前藩の最近の藩物産所事情を語った。

「私も聞きました。なんでも香辛料の丁子、胡椒、肉桂、煙草、茶、砂糖、岩塩、木綿、鼈甲などを扱われているとか」

「われらが当初考えた関前藩の物産を江戸に船で運び込むという企てとは、まるで規模も内容も異なる藩物産事業に発展しているようです。繰り返しますが、関前藩は抜け荷商いをしているわけではございません」

「ところが国家老の坂崎正睦様方は、これら長崎口の品々の交易に異変を感じられたということでございますかな」

由蔵は両替商の今津屋の大番頭だけに、即座に隠された事情を察したのだ。

「父自ら江戸に微行してくる理由があったはずにございます」

「中居様もご存じなきなにかでございますか」

「父らがその異変を明白に感じとったのは、安永が天明と変わった頃、江戸からの物品を積んで藩船正徳丸が関前の湊に帰ってきた折りのことです」

「二年前ですな」

「はい。父と中居様は物産方の南野敏雄どのを江戸から乗船させていた。ところがその船旅の間に南野どのは何者かによって刺殺され、骸で関前に戻ってきたのです」

「そ、それは、いささか十年余前の藩の内紛とは事情を異にしますな」

「はい。南野どのは中棚船倉の積み荷の中になにかを探っておられた。そこを刺殺されたのです。後日、骸を仔細に調べたところ、阿片の包みを口に隠しておられたそうな」

「なんと阿片でしたか。それにしてもいささかおかしゅうございますな。江戸からの戻り船に阿片が積まれていたのでしょうかな」

「はい、長崎口の物産に阿片が混じって入っているならば分かる。もしや南野どのは関前からの荷に阿片を見付けたため江戸で様子を探り、帰り船でその者を中棚船倉に呼び出し、諫めようとしたが、反対に殺されたとも考えられる。ともあれ、今のところそれがしが知ることは漠たる出来事の断片だけにござる」

「若先生、二年ほど前に物産方が殺されたにも拘らず、関前藩は探索を放置なされたのでしょうか」

利次郎が尋ねた。

「いや、父と中居様は二人の家臣に命じて、陰監察の役目に就けた。この陰監察の役目を知る者は関前藩でも限られた人たちです。これらの陰監察が動き始めた途端、阿片を藩船で運ぶことを諦めたか、動きを止めたそうな。ゆえに父らも陰監察も相手方の正体が摑めずにきたのです」

「こたび正睦様が江戸に出てこられた背景には、鳴りをひそめていた一味が再び動き出したか、あるいは陰監察が相手方をあぶり出したなどの事情があると考えられますかな」

由蔵が訊いた。

「この陰監察の二人は、一人が江戸藩邸を見張り、もう一人が関前城下をそれぞれに見張っていたそうな。昨夜、それがしが湯殿にいるとき、国許の陰監察が釜場近くに忍び込んできまして、これまで話したようなことを告げていったのです」

「お待ちください。国許担当の陰監察が正睦様と一緒に新造船に乗ってこられたのですね」

「いかにもさようです」

「ということは、阿片の密売を行い、物産方を殺した一味の首謀者は江戸藩邸におると考えられたゆえ、正睦様は国許の陰監察を伴い、江戸に出てこられたということではございませんかな」

磐音は頷いた。

しばし一座に沈黙が続いた。

「若先生、阿片を密売する者たちは、国許の関前城下と江戸に跨る一味ということになりますか」

それまで沈黙を守っていた松平辰平が磐音に訊いた。

この座敷の中で磐音を除き、関前藩と城下を承知なのは辰平だけだった。

辰平は、白鶴城と称えられる関前城と城下に、そのような邪悪なことを企てる者が潜んでいるとは想像もつかなかった。

「辰平。関前、江戸ばかりではなかろう。もしその阿片が長崎から関前に来ているのなら、長崎にも一味の者がいるということではないか」

利次郎が言い出した。

「利次郎どの、そういうことじゃ。これが幕府に知れれば関前藩はお取り潰し、実高様は切腹を命じられるやもしれぬ一大事なのじゃ」

磐音が答えた。

「ために藩主実高様直々の命で、坂崎正睦様と照埜様が密かに藩船で江戸に見えられたのですね」

と辰平が応じるのへ、

「ああ」

と利次郎が悲鳴を上げた。

「どうした、利次郎」

「辰平、この話、生易しいことではないぞ。国家老の坂崎正睦様のお命が危ないぞ」

「だから、若先生も苦慮されておられるのだ」

辰平が苦衷（くちゅう）を滲（にじ）ませて答えた。

店座敷から望む中庭に春の夕暮れがあった。

一同は重い沈黙のあと、対策を話し合い、夜になって散会した。

今津屋に残ったのは磐音だけだった。

磐音は奥座敷に向かい、吉右衛門に謝辞を述べた。父の勾引し騒ぎにすでに今津屋が動き出していたからだ。

「坂崎様、今津屋と坂崎磐音様は一心同体の間柄にございましょう。老分さんも私も、こたび国家老様自ら江戸に出てこられたことに驚いております。豊後関前藩にそれだけの難儀が降りかかっておるのでございましょう。もう一両日、日にちをお貸しください。必ずや、なんぞよい手がかりを見つけます」

と吉右衛門が言い切った。

磐音は吉右衛門やお佐紀と睦月のことなどを話題に半刻（一時間）ほど今津屋の奥座敷で過ごし、辞去した。

四

磐音が小梅村に戻ったのは四つ（午後十時）の刻限だった。すでに照埜は休んでいた。

おこんが目顔で正睦の行方が分かったかと訊き、磐音は顔を横に振った。

「おこん、辛抱の時だ。今津屋どのも速水様も動いておられる。またうちの師範、小田どの、辰平どの、そして利次郎どの方も弥助どのと霧子と協力して救出の仕度は整えた」

「待つしか手はないのですね」

とおこんが客間のほうを見た。

磐音は頷いた。

「磐音様、多忙な中、宮戸川の鰻を注文していただき有難うございました。幸吉さんが届けてくれた鰻を照埜様は、『江戸の鰻とはかように美味なものですか』と何度も何度も申されて食されました」

「それはよかった」

「幸吉さんは大人になりましたね。おそめちゃんがこの夏にも京に修業に出るそうですが、素直に喜んでおりましたよ」

「そうか、幸吉がな。いや、もはや一人前の職人だ、呼び捨てもできぬな」

磐音とおこんは期せずして幸吉とおそめの行く末を考えたが、二人して考えが浮かばなかった。


その夜半、眠りに就いた磐音は人の気配に目を覚ました。

敵方か。

だが、敵意は感じられなかった。

「霧子、どうした。父が発見されたのではあるまいな」

磐音の問いには、正睦が亡骸で見つかったのではないかという懸念が込められていた。

「いえ、そうではございません」

磐音のかたわらでおこんが安堵の溜息を洩らした。おこんも目覚めていたのだ。

磐音は霧子の次の言葉を待った。

「つい半刻前、遼次郎様が速水邸に見えられ、石垣仁五郎様と申される関前藩家臣のお方が目黒行人坂近くで辻斬りに遭われて殺され、骸が里人に発見されたと奉行所から関前藩江戸藩邸に連絡があったそうでございます」

「なんと、石垣どのが」

と磐音が絶句した。

中居半蔵の下で江戸藩邸の陰監察を務めていた人物が骸で発見された。事態は急速に動いていた。

「中居半蔵様の言付けにございます。明朝、目黒行人坂の浄覚寺で会いたいとのことにございます」

磐音はしばし思案した後、

「霧子、今宵は体を休めよ」

「明朝、お供します」

「願おう」

と磐音の言葉が応じて深夜の会話は途切れた。

行人坂は芝から碑文谷へ向かう道沿いにあり、この道沿いには目黒不動尊の通称で親しまれる瀧泉寺があるため、不動尊詣でをなす人々を相手にした商家が数多く軒を連ねていた。

その中でも伊勢屋清兵衛は、竹を編んで五色に彩った餅を挿し、餅花と称して売り出して参詣人の間で評判になっていた。また治右衛門は唐人から飴の製法を学んだとか、唐人飴を名物にして、これまた盛業を続けていた。

行人坂は永峰町から目黒川に架かる太鼓橋へと下る急坂のことで、幅三間ほど、長さは八十間余であった。名の由来は往古、行人行者が庵を結んだことによるという。

江戸に行人坂の地名が広く知れ渡ったのは、明和九年二月二十九日の大火事の後のことだ。

行人坂の中腹にある天台宗大円寺から火が出るや、折りからの強風にあおられて、麻布から芝界隈に燃え移り、さらには江戸城に火が入り、日本橋、神田、本郷、浅草方面を延焼する大火事になって、翌三十日になってようやく鎮火した。

この火事で死者は一万五千余人、行方不明者は四千余人、類焼は九百三十四町

に及ぶ未曽有の出来事になった。この大火事を、

「明和の大火」

とか、

「目黒行人坂火事」

という。

磐音は行人坂のことを、そして明和九年の大火のことを格別に記憶していた。江戸勤番を終え、豊後への旅仕度も整えた日に火事の知らせが駿河台富士見坂の上屋敷に伝えられ、

「火元は目黒行人坂」

との下屋敷の奉公人の報告に、磐音ら家臣はおっとり刀で行人坂の中屋敷に駆け付けたのだ。

豊後関前藩では、抱え屋敷とも呼ばれる下屋敷が、より江戸城に近い芝二本榎にあった。だが、なぜ隠居した藩主一族らの住まいが芝よりも遠い目黒行人坂にあるのか、江戸屋敷にも伝えられてはいなかった。

ともあれ、磐音らは猛煙を避けて、目黒の行人坂に駆け付けた。だが、坂の地形からこの辺りに中屋敷はあったであろうという焼け跡を見分けただけだった。

むろん、塀も中屋敷も土台石だけを残して、焼け落ちた門、建物の梁(はり)や柱から煙がくすぶり上がっていた。

火はさらに北方向、江戸の中心部へと向かっていた。ために行人坂や永峰町の二股から分かれて碑文谷に向かう権之助坂(ごんのすけざか)には、被災した人々が真っ黒に煤(すす)けた顔で茫然自失して避難していた。

中屋敷に駆け付けた関前藩家臣は、芝二本榎の下屋敷や駿河台富士見坂の上屋敷のことを案じることになった。そこで大半の家臣が中屋敷の住人たちの安否確認を忘れて、芝や駿河台に走り戻った。

だが、磐音は慎之輔や琴平ら数人とともに行人坂に残り、中屋敷に住む先代藩主の正室孝子(たかこ)や奉公人の行方を探した。

火は北に向かっていた。ならば風上の南、目黒川の右岸に見当をつけて捜索した。

半日後、下目黒村の新立寺(しんりゅうじ)に全員が避難していることを突き止めた。藩主実高の母堂孝子も無事で、磐音らは安堵した。そのことを駿河台の上屋敷に使いを立てて知らせると同時に、磐音らは下目黒村に残り、孝子方の暮らしが立ちゆくよう世話に努めた。

さらに使いを立てて駿河台の上屋敷と芝二本榎の下屋敷が類焼していないか、確かめに行かせた。

その結果、駿河台富士見坂の上屋敷も芝二本榎の下屋敷も幸運にも火が入らなかったことが判明した。

数日後、磐音らは不便な寺の仮住まいから孝子と奉公人一同を芝二本榎の下屋敷にお連れし、同時に江戸の広い範囲を焼失させた火事の後始末に追われた。

豊後関前藩にとっての最大の被害は、中屋敷の中間と老女三人が火を逃れて目黒川に入り、水死したことだった。死者と行方不明者が一万九千人余に及んだ大被害からみれば不幸中の幸いといえよう。

ともあれ、磐音らは火事の後始末を終えて、ひと月後に帰国の途に就いたのだ。

だがそのとき、まさか国許の関前にさらなる悲劇が待ち受けていようとは想像だにしなかった。

磐音にとって目黒行人坂の大円寺から出火した火事は、関前の藩騒動へと繋がる序章であったのだ。

その後、関前藩の中屋敷は再建されたと聞いた。だが、磐音が思い出の地を訪れたのは、明和九年の大火事以来のことだった。

豊後関前藩士、石垣仁五郎の骸は浄覚寺に運ばれていた。

磐音はその未明、霧子の漕(こ)ぐ猪牙舟で浄覚寺を訪ねた。すると偶然にも乗り物で駆け付けた関前藩江戸屋敷の留守居役兼用人に昇進した中居半蔵一行と、寺の門前で鉢合わせした。

乗り物が不意に止まり、

「磐音、そなた一人か」

と半蔵が声をかけてきた。

目黒行人坂には霧子が同道していたが、舟を下りたところで磐音は独りで行動することにして霧子と別れていた。

父正睦が勾引(かどわか)しに遭ったことも、関前藩江戸屋敷では極秘のことだった。いや、国家老の出府そのものが秘密事項だった。そこへ藩籍を離れて久しい磐音が門弟を連れて姿を見せるのは遠慮すべきと考えたのだ。

一方、中居半蔵一行には義弟の坂崎遼次郎、磯村海蔵が従っていた。その他の大半の藩士は磐音の見知らぬ者ばかりだった。

「纐纈、石垣の骸は本堂か」

と中居半蔵が一人の従者に問い、長身の侍が、

「いかにもさようにございます」

と答えた。

それは一昨夜、小梅村の湯殿で会話した声、陰監察の纐纈茂左衛門だった。

半蔵は磐音にその家臣が陰監察であることを告げるために声をかけたようだった。ということは纐纈がすべてを、正睦が勾引しに遭ったことも承知していると考えてよいと思った。

磐音は塗笠の縁（へり）を上げ、半蔵と目を合わせて、意図を理解したと伝えた。

「磐音、そなた、この界隈は久しぶりであろうな」

「明和九年の大火事以来にございます」

「あとでそなたをとある墓所に案内いたす」

半蔵が磐音に言い、磐音はそれがだれの墓所か分からぬままに首肯した。

磐音は影になって従っているはずの霧子をそれとなく窺ったが、どこに潜んでいるのか、どこから浄覚寺門前を見詰めているのか分からなかった。

半蔵が乗り物を捨て、

「それがしに同道せよ」

と命じた。半蔵が同道した藩士らの中には、

（なぜ藩籍を離れた国家老の嫡男が姿を見せたか）

と訝る者もいた。その中には、

「遼次郎どの、何ゆえそなたの義兄がおられるな」

と不躾(ぶしつけ)にも質す新番衆の碇屋彦右衛門(いかりやひこえもん)もいた。

「それがしも何ゆえか存じませぬ」

「そなた、近々国許に戻るそうじゃな」

「荷積みを終えた後、明和三丸に同船して帰国することを命じられております」

国家老の養子が答えた。

「磯村、そなたも小梅村に新しく開かれた尚武館坂崎道場の門弟よのう。なぜ関前藩を出られた坂崎磐音様が留守居役に呼ばれたか知らぬか」

「それがしも存じませぬ」

「磯村、そなたらもあまり尚武館に熱心に通うと、どちらかの老中様に睨まれることになるぞ」

苦々しく碇屋が言い放つと、

「剣術修行は武士の務めにございます。いけませぬか」

と磯村が応じた。

「そなたらだけで事が済むならよい。関前藩にそなたらの行動がよからぬ影を落とすやもしれぬ。藩全体に悪しき影響が出て、実高様が迷惑を蒙られることになる。のう、坂崎遼次郎どの」

嫌味を言ったのは、磐音が藩を離れてから七年後に江戸藩邸勤番を命じられた納戸方の谷崎猪右衛門だ。

磐音の耳にもそんな会話が届いたが、半蔵が、

「同道せよ」

と改めて命じて、磐音は従った。

浄覚寺は大火事の数年後に再建され、山門も本堂もまだ木の香りが漂っていた。

江戸藩邸で密かに陰監察を務めてきた石垣仁五郎の骸は、浄覚寺の本堂に安置され、関前藩の藩目付と代官所の役人、土地の御用聞きが、藩の重臣中居半蔵の訪れを待ち受けていた。

藩目付の石子順造は、関前藩の神伝一刀流中戸信継の同門、歳は二つ三つ上と記憶していた。剣風は粘り強く、十年余前、関前藩の内紛にも加わることなく地道に奉公に勤めてきたのであろう。その結果、江戸藩邸の藩目付に昇進していた。

その石子が磐音を見ても驚くふうもなく会釈した。

中居が代官所役人に、

「留守居役の中居半蔵にござる。お手数をおかけ申した。辻斬りに遭うたと江戸藩邸には知らせが入ったが、その見解に間違いござらぬか」

と質した。

「はっきりとはいたしません。懐中物が失せており申す。その一事だけで辻斬りではないと断定してよいかどうか、甚だ見解を一つに絞り切れないところではございます」

「物盗りが目的で殺したと考えられるか」

「なきにしも非ずでござろう。ただし辻斬りであれ、物盗りであれ、武士、それもかなり腕の立つ者の仕業かと存ずる」

と中居の問いに応じた代官所の手代は、

「われら、この界隈に巣食う不逞の浪人を中心に探索にあたる所存。なんぞ分かれば即刻関前藩にお知らせ申す」

と言い残すとさっさと本堂から姿を消した。

「中居様、傷口を検められますな」

と石子が言い、本堂の片隅に待機していた小者に命じた。

主だった。

筵の上に寝かせられた石垣は三十代半ばか、いかつい体と顎の張った顔の持ち主だった。

磐音にはかすかに見覚えがあったが、記憶は定かではない。なにしろ磐音が藩を離れたのは十年以上も前、それ以前には江戸勤番という名目で、直心影流佐々木道場での剣術三昧の年余の日々があったのだ。

磐音はふと石垣の死に顔に小林琴平のそれを重ね、

(来年は慎之輔、琴平の十三回忌か)

と思った。

磐音の眼前で襟元がはだけられた。すると心臓付近に小さな突き傷が見えた。

陰監察の緪緪が呻いた。

その声に気付いたのは磐音だけだった。

背中からなんと胸まで突き抜けているのだ。

石垣仁五郎の体が裏返され、絣の背に血の染みが大きく広がり、迷いない突き傷が見えて肉が弾けていた。突きを放った者は手練れと見えて、ぶ厚い石垣の背から胸を突き通しておいて、死の瞬間に収縮する筋肉に刃がからまぬように、即座に捻り抜いていた。

なんとも見事にして非情のひと突きだった。

「石垣仁五郎の亡骸はどこで見つかったのだ」

「中屋敷の南側の路地にございます」

と藩目付の石子が答えた。

「懐の物は土地の役人が言うようにないのだな」

「はい」

とだけ石子が答えた。

中居半蔵の目が、骸のそばに並べて置かれた大小にいった。大小拵えは石垣家代々のものか、輪違透図鍔から察してそれなりの剣と思えた。

「石垣どのは鯉口を切っておられましたが、抜き合わせる余裕はなかったのです。石垣どのとてそれなりの剣の遣い手にございました」

「背後から忍び寄るように迫った者が、気配を感じた石垣仁五郎の背を一気に貫いた。石垣をして鯉口しか切らせなかった相手は尋常一様の剣術家ではないな」

「ほぼ即死かと思えます」

石子の答えに中居半蔵が頷き、

「坂崎磐音先生、どうだ、この突き傷」

と不意に磬音に話を向けた。

「下手人が残したただ一つの痕跡でしょうか」

「この突き傷がなにか意味を持つというか」

「かようにも迷いなき突き傷を見たのは、それがし初めてにございます」

「先の西の丸様の剣術指南にして尚武館道場の後継をもってして、かく言わしめる相手とは、なんとも凄腕の持ち主じゃな」

「いかにもさようです。ただし、剣術家とは言えますまい」

「なに、武士ではないと申すか」

「形は武士やもしれませぬ。ですが武士の魂も矜持も忘れた下司侍にございます」

と磬音が珍しく感情をこめた強い口調で言い切った。

半蔵の視線が再び石垣の骸に向けられた。

磬音は本堂から外の回廊に出た。すると纐纈が磬音に従うように出てきて、

「坂崎様、殺す気で放った一撃にございますな」

と質した。

「恐ろしいほどの手練れです。間違いなく一撃で殺すことのみを考えた襲撃でご

ざろう」

　と答えた磐音が、

「そなた、二年ほど前に殺された物産方南野敏雄どのの検視をしたと申したな。同じ傷ではなかったか」

「坂崎様、いかにもさようでございます」

　纐纈が磐音の横顔に視線を向けて答え、訊いた。

「坂崎様が、わざと相手を挑発する言辞を弄されたのは、非情極まる殺し屋が豊後関前藩の者と考えられたからにございますか」

「纐纈どの、こたびのことは別にして、二年ほど前の殺しは正徳丸の航海中の出来事ですぞ。船には藩と関わりなき者は乗り込めまい」

「いかにもさようです。ですが、こたびの国家老様の密行の如く、隠れ潜んで乗り込むことは可能かと存じます」

「となると、船に乗り組む主船頭か、それなりの力を有する者の手助けが要ろうな」

「さりながら、国家老様が勾引されたように、密行者の行動はいずれ外に洩れまする」

「ならば纐纈どの。南野どのを殺し、今また石垣どのを殺害した下手人を即刻暴き出されることだ」

「その折り、坂崎磐音様の腕をお借りしてようございますな」

「まず父を、坂崎正睦を救出することが先決にござろう。われらが動けば必ずや、そやつも姿を見せる」

磐音の言葉に纐纈が大きく頷いた。

霧子の姿が山門の外にちらりと見えた。

第三章　必殺の突き

一

目黒行人坂にある豊後関前藩の中屋敷は、南東から北西にかけて瓢箪（ひょうたん）を横たえたように広がっていた。その形状はほぼ目黒川の蛇行する流れに沿っていた。敷地の広さは一万八千五百余坪。江戸外れにある中屋敷、抱え屋敷、下屋敷としてはそれなりの広さだった。

敷地の南側には竹林が広がり、その向こうに目黒川の土手があって、その対岸は下目黒、中目黒村の入会地（いりあいち）の畑だ。

三尺ほどの高さの土盛りした塀の上に柊（ひいらぎ）の植え込みがあり、関前藩の中屋敷の敷地をぐるりと囲んでいた。その南側の竹林の土塀近くに人が争ったような跡が確かに残され、地面の一角を血が黒く染めていた。

霧子は磐音を、石垣仁五郎が殺されたと目される小道に連れていった。そこには未だ朝の気配があって弥助が待ち受け、磐音に頭を下げた。

「若先生、富士見坂の屋敷の見張りを命じられていたにも拘らず、坂崎正睦様が連れ出されたことに気付かず、真に申し訳ございません」

磐音は、無精髭をうっすらと生やし、疲労を漂わせる弥助を見た。

「弥助どの、どうやら敵方はそれなりの人数を擁し、この企てとて思い付きで行ったとは思えませぬ。父と母が密かに明和三丸に同船して江戸入りすることを前もって承知しており、周到に対応を話し合うてきたものと思えます。火事騒ぎを起こして、その間に父を連れ出すなど、小賢しいかぎりです。いかに弥助どのとはいえ、霧子と二人だけで父の連れ出しを阻止するなど無理なことです」

磐音は淡々と弥助に応じて、

「こたびは江戸の陰監察であった石垣仁五郎どのが殺され、中屋敷の外で骸が見付かったそうな。その場所がここでござるな」

と念押しするのへ、弥助が竹林ごしに見える目黒川にちらりと視線をやった。

「へえ、一見すると勾引しに遭った正睦様が中屋敷に連れ込まれ、それを尾行していた石垣仁五郎様の亡骸がここで見付かったということになりましょうか。おそらく石垣様は家中でただ一人、正睦様が連れ出されたことに気付いた人物でございましょう。石垣様は、駿河台の上屋敷から密かに出ていった乗り物を、次いで神田川、大川、江戸の内海の浜伝い、さらには品川宿に流れ込む目黒川を使って運ぶ船を尾行し、一味の正体を暴こうとしていた。その最中、この地で襲われて命を落とした、そのように見受けられます」

弥助が地面を見詰めた。

「たしかに地面に乱れ残る足跡には争った様子が見られます。血溜まりが地面に染みた痕(あと)もある。ですが、なんとのう、わっしにはこの場所が石垣様の殺された場所とは思えないのでございますよ」

「弥助どの、それはまたどうしてじゃな」

「若先生、人ひとりが息絶えるというのは並大抵のことではございません。人それぞれに想いが残るものです。まして殺されたのでございます。石垣仁五郎様の無念の想いが漂っていてもいいような気がしましてな」

「弥助どの、いかにもさようです」

長い沈思のあと、磐音が言い切った。

剣術家として多くの修羅場を潜り抜け、対戦した相手の死を見届けてきた磬音には、弥助の言わんとすることが理解できた。人ひとりが死ぬということはそう容易なことではないのだ。

「弥助どのの推察どおり、敵方は父を中屋敷に連れ込んだかのように見せかけるため、陰監察の石垣仁五郎どのの遺体をこの場に放置したに間違いござるまい」

弥助が磬音の確信をこめた言葉に頷くと、先を促すように顔を見た。

「それがし、石垣仁五郎どのの骸の刺し傷を見せてもろうた。背中から左胸へとひと突き、おそらく即死でござろう。争う間などなかったはず。この場で殺されたとしたら、弥助どのが申される石垣どのの無念が漂っていても不思議ではない、とそれがしも感じる。また中居様のもとで陰監察を務めるほどの人物が、背に迫る殺意に気付かぬはずはありません。ここはいかにも石垣どのが父を尾行してきたかのように装われた場所なのでしょう。まず父が中屋敷内で見付かるとも思えません」

磬音の考えに弥助が小さく頷いた。

「とすると、石垣仁五郎様はどこで殺され、どうやって亡骸をここまで運んできたか」

弥助が呟いたときには霧子が、さあっと竹林に入っていった。

「中居様方の目を中屋敷に向けるために骸が運ばれてきたとしたら、細工は必ず見付かるものですよ」

弥助は磐音に言い残すと霧子を追って竹林に足を踏み入れた。

磐音は、豊後関前藩に、物産方の南野敏雄と陰監察の石垣仁五郎を一度の突きで殺害できる腕前の家臣がいたか、そのことを考えていた。

剣術とはかたちのない技量、芸といえた。完成された技にはそれぞれ特徴があった。それを別の者が装ったとしても装い切れない、

「匂(にお)い」

があった。

石垣仁五郎の刺し傷もそうだと磐音は思った。

藩を離れて十年余、とくにこの三、四年は老中田沼意次一派との対立、さらに江戸を離れていたこともあって、旧藩の豊後関前家中がどのような状態か、磐音は承知していなかった。

ましてや義弟の遼次郎や、数少ない豊後関前藩の門弟、磯村海蔵、籐子慈助からも手練れの家臣の話を聞いたことはなかった。

藩物産事業が軌道に乗り、藩庫に千両箱がいくつも蓄財されたとき、家中で腹黒い考えを抱く面々が出てきたということか。

磐音は土盛りの上に柊の植え込みのある塀と竹林の間の踏み固められた小道に立ち、考えに耽った。

ふと一つの考えが湧いた。

磐音らが考え、その考えをかたちあるものにしたのは父や半蔵らだ。それは領内の海産物、農産物を最大の消費地江戸に船で運び込み、利を得る商いをなした。関前藩や磐音らが考えた物産事業には、帰り船をどうするかという懸念があった。空で帰せば片道だけの交易でしかない。そこで江戸で古着などを買い込んで積み込む往復交易の案が実行された。

本来の藩物産事業に長崎口の高価な品が加わり、一気に交易額が増し、それにつれてかような悪巧みが引き起こされたか。とすると、最初に長崎口の品を藩物産事業に加えようと提案した人物は、

(だれか)

磐音の考えを破って霧子の声が竹林から響いてきた。

磐音がその場に向かうと霧子が独り佇み、その周りに師匠の弥助の姿は見えな

かった。

「若先生、落ち葉が積み重なったこの場所にございますが」

と言いながら霧子が降り積もった竹の葉を除けた。すると枯れた竹の葉の下にはじくじくとした泥濘があって、なにかの幼虫が蠢き、踏み潰された幼虫の上にいくつもの足跡がはっきりと刻まれ、その足跡は石垣仁五郎の骸があった方角に向かっていた。

「何者かの手によって、石垣どのの骸はこの竹林を抜けて運ばれてきたのかな」

「この足跡だけではそうとは言い切れません」

ひゅっ
と甲高い指笛の音が目黒川から響いた。

磐音と霧子は竹林を指笛のした方角に歩いていった。その途中にも、枯れた竹の葉が人の手で撒かれた跡が見えた。間違いなくなにか重い物を運んだ連中の足跡を隠すためであり、その痕跡だった。

竹林が切れた辺りに何本かの松が生えていた。かなり年古りた松の幹には蔦が絡んでいた。

磐音は松の幹から突き出た折れ枝の先に細長い布片が絡んでいるのを目に留め

た。それは硬い古切れで、強引に引っ張ったせいで折れ枝の先にからまったような形跡があった。

磐音はその古切れをとり、手拭いに挟んだ。

「申し訳ございません」

霧子が磐音に詫びた。先に歩く霧子は迂闊にも見落としたことを詫びていた。

「弥助どのに注意がいっていたでな、致し方あるまい」

「私は雑賀衆で五感を研ぎ澄まして生きるように躾けられた女にございます」

「それでも霧子は人の子なのだ。弥助どののことを気にかけるあまり、ふだん働く観察力が鈍ったということであろう。われらの闘争は一人では戦えぬ、また長い戦いである。それぞれがその時に応じて仲間を思いやり、動くことが大事なのだ」

「いかにもさようでした」

二人が老松の群れから目黒川に出ると、半丁ほど上流の橋近くに弥助の姿があった。

永峰町の二股の一つ、権之助坂を経て碑文谷に向かう道が目黒川に架かる橋を通っていた。行人坂の太鼓橋の一つ上流に架かる新橋だ。橋の付近に弥助が片膝をついていた。

「やはり石垣様の遺体は船で運ばれてきたようですね」

流れに沿って杭が打ち込まれ、その上に板が何枚か架けられた船寄場の床の上に、黒ずんだ染みが点々とついていた。

「血の跡にございますよ、まだ生渇きで、そうそう前の血ではございませんよ」

弥助が言い切った。

「弥助どの、竹林を出たところの老松の折れ枝にかようなものが絡んでおった」

手拭いを広げて見せた。

風雪を経た古い厚地は幅四分、長さは七、八寸だった。長い一方の端は太い糸でかがってあった。

磐音から手拭いごと受け取った弥助は、仔細に点検した。

「あてずっぽうかもしれませんが、潮の匂いがかすかにしませんか。これは使い古した帆布ではございますまいか」

「それがしもそう考えた」

「こりゃ、間違いなく千石船の刺し帆にございますよ」

和船は幅二尺五寸の布地を一反ごとに頑丈な糸で縫い合わせて連結した。千石

船は、

「三十五反の帆を捲き上げて、いくよ仙台石巻」

と謡われるように、三十五本の反物を縫い合わせると八十七尺余という、船幅の何倍もの大きさになった。古くなり、強度が弱った帆布は、揚げ蓋の上に積んだ荷に掛けたりして使われた。

なおも仔細に点検していた弥助が、

「若先生、この染みは血ではございませんか」

帆布と睨んだ布地にわずかに付いた染みを磐音に指し示した。

「いかにも血のように思える」

磐音も弥助も血染みが付着した布の切れ端を帆布と断じた。

「こちらにおられましたか」

土手上から声がして磐音らが振り仰ぐと、纐纈茂左衛門が土手に立っていた。

弥助が手拭いをたたんで懐に入れた。その動作に目を留めながら纐纈が船寄場に下りてきた。

「中屋敷をざっと当たりましたが、坂崎正睦様が閉じ込められているような気配はどこにもございません。なにより中屋敷のだれ一人、昨夜から何人たりとも中屋敷を訪れた者はいない、と口を揃えて言うのでございますよ」

「ただ今、中屋敷にはどなたがお住まいかな」

「藩主ご一族は実高様のご母堂孝子様が晩年十四、五年ほど隠棲され、先代藩主の菩提を静かに弔っておられましたそうな。ところが孝子様が身罷られて以来、ご一族のどなたもお住まいになっておられません。実高様、お代の方様も芝二本榎の下屋敷は時折りお使いになりますが、こちらには何年も訪れてはおられないそうにございます」

旗本緪緪家の部屋住みから豊後関前藩の家臣、大納戸方の家を継いだ緪緪が答えた。

「また奉公人も中屋敷用人の笠村利八様の他、十七、八人が住んでおりますが、駿河台とも二本榎ともほとんど交流がなく、孝子様の法事の折りに中屋敷が使われる程度で、あの屋敷に国家老様がどのようなかたちにしろ連れ込まれた様子はございません。いえ、中居様は石垣殺害の調べとして、念には念を入れて中屋敷を調べよと必死の陣頭指揮をしておられますので、ひょっとしたらということも考えられます」

「緪緪どの、われらも父が中屋敷に運び込まれたとは思うておらぬ」

「となると、石垣仁五郎様は中屋敷にどのような関心があったのか」

弥助が磐音の顔を見た。

「弥助どの、纐纈どのにわれらの考えをお話しくだされ」

と許しを与えた。

「纐纈様、この染みをどうご覧になりますか」

弥助が船寄場の床板の黒染みを差した。

「血か」

「と思えます」

と答えた弥助が、磐音から手渡された手拭いを懐から出して広げてみせ、古切れが松の折れ枝に引っかかっていたことを告げた。そして、

「この帆布と思(おぼ)しき古切れにも、かように血の跡がございます」

と纐纈に見せ、さらに石垣仁五郎は別の場所で殺された後、中屋敷に注意の目を向けさせるべく運ばれてきたのではないかという考えを披露(ひろう)した。

「石垣どのの骸は使い古しの帆布に包まれて、いずこからか行人坂の中屋敷の塀外に運ばれ、放置されたと言われますか」

「たしかに血溜まりはございますが、帆布に溜まっていた血が骸のかたわらに流

れ出たのか、あるいはなにか別の生き物の血か、はっきりしたわけではありませんｌ」

弥助の説明に纐纈が中屋敷の方角を見た。

「纐纈どの、船で運んできたことを悟られぬよう中屋敷から一つ上の新橋に船を着け、帆布に包んだ亡骸をあの老松のかたわらから、竹林を抜けた先の土塀の近くまで運んだと思われる。竹林の落ち葉の下の泥濘にも、複数の者が重いものを運んだ折りについたような足跡が残っておる。その者たちは帰り道にその足跡に落ち葉を撒いて隠したようじゃ」

「なんと」

纐纈が呟いた。

「こたびの藩船は新造船と聞いておるし、それがしも遠目に見た。おそらく帆布は初めて使われる新品であろう。じゃが、正徳丸か豊後一丸が使い込んだ古布を積み込み、雨天の折りに荷が濡れぬよう使おうと考えたやもしれぬ。明和三丸に古帆布が使われているか、使われているならば、関前を出た折り積み込んだ古帆布はすべて揃っているか、調べてはくれぬか」

「相分かりました」

纐纈が即答した。

「そなたは江戸生まれ、直参旗本の三男坊として纐纈姓を条件に笠間家に入り、関前藩家臣になった来歴の持ち主じゃな。関前藩に生まれ育った代々の家中の者より、藩内のことがあれこれと見えよう。江戸家老の鑓兼参右衛門様について教えてくれぬか」

「坂崎様は、それがしとは反対に豊後関前藩中老のご嫡男から江戸に出られ、武名を高められたお方にございます。旗本の三男坊よりはるかに関前藩のことを承知でございましょう」

「そう反論されるとそれがし、真に関前藩士であったかと自問しとうなる。正直申して、もはや大半の家臣の顔が分からぬ。この江戸家老鑓兼参右衛門様なるお方にも覚えがないのだ」

「それは当然のことかと存じます。参右衛門様は十年ほど前にとある旗本の部屋住みから鑓兼家に婿養子に入られ、江戸藩邸で頭角を現したお方と聞いております。年齢は三十七、八、茫洋とした風貌のお方ですが、なかなか鋭利なお考えの持ち主かと存じます」

「江戸家老に抜擢なされたのは、当然実高様であろうな」

「それがしは鑓兼様より新参者ゆえ、人伝に聞いた話にございますが、お代の方様が参右衛門喜直様の才に惹かれて殿様に強く推挙なされたとか」

「そなたはどう思うな」

「それがし、江戸藩邸で暮らしたのはほんのわずか、その折りの江戸家老は見かけも実際も凡庸なる望月弘文様にございました」

と答えた纐纈は、

「坂崎様のお父上、正睦様は昼行灯と関前では噂されておりますが、昼行灯とは正睦様が正しき藩政を沈思なさっておられるときのご様子、裏も表もなきお方にございます。されどただ今の江戸家老どのは、鉈なのか剃刀なのか、相手によって使い分けるお方と聞いております。留守居役と用人を兼ねられる中居半蔵様とは、まったく正反対の考えの持ち主にして、反りが合いませぬ」

とさらに辛辣に言い切った。

「念のためだ、訊いておこう。国家老とはどうか」

「坂崎正睦様は豊後関前藩の中興の祖にして、私利私欲のないお方にございます。数年前から隠居を考えておられますが、ただ一つのご懸念が、正睦様隠居のあと、江戸家老鑓兼参右衛門様が暴走せぬかということ。ために、中居様を江戸留守居役と用人を兼ねた重役に就けられたものと思えます」

磐音は緻緻の説明に頷いた。

「坂崎様、その中居半蔵様からの言伝にございます」

「なにかな」

「新立寺で会いたいとのことにございます」

半蔵の伝言をくれた緻緻に頷き返した。

二

下目黒村にある新立寺は、行人坂の豊後関前藩の中屋敷とは目黒川を挟んだ右岸にあって、山門から見てもさほど大きな寺ではなかった。

磐音は独り山門前に立った。すると山門前に、留守居役と用人を兼ねる中居半蔵のものと思しい乗り物があった。そして、半蔵の供侍が数人山門の中に待機しており、その中に義弟の坂崎遼次郎、磯村海蔵の姿があって、剣術の師に黙礼した。

「義兄上、遼次郎が、案内いたします」

と磐音に声をかけた。

磐音は半蔵の従者に会釈したが、遼次郎と海蔵以外の二人はともに覚えのない若侍だった。二人ともまだ二十歳前か。磐音を見る二人の眼差しに憧憬(しょうけい)があった。

「ご苦労じゃな、帰り道の警護をしっかり願う」

磐音がだれとはなく言葉をかけると、若侍の一人が、

「坂崎遼次郎様」

と何事かを思い出させるように声をかけた。遼次郎がちらりと境内の一角に視線をやって、その若侍に頷き返し、

「義兄上、この二人は昨秋江戸勤番を命じられた者にございます。山方の岩林伊佐次(いわばやしいさじ)、もう一人は郡(こおり)奉行手代だった湯谷恒吉(ゆやつねきち)にございます」

「岩林どの、湯谷どのか。それがし、坂崎磐音にござる」

磐音が挨拶すると二人して、はっ、と畏まった。

「義兄上、二人とも尚武館に入門したいと願うております」

磐音は二人の面構えを見て、質した。

「藩の意向に差し支えはないか」

「剣術修行は武士の本分と心得ます。藩の意向に差し障(さわ)りがあるとは思えませ

ん」

岩林が言い切った。

「われら、中戸先生の門弟にございました」

もう一人の湯谷が磐音に言った。

「それがしの弟弟子ということか」

磐音の言葉に、二人の緊張した顔にようやく硬い笑みが浮かんだ。

国家老の嫡男だった坂崎磐音は豊後関前の伝説であった。

十年ほど前、藩を二分しての大騒動に磐音らは身命を賭して戦い、藩主実高の手に藩政を取り戻していた。いわば藩政改革の立役者でありながら、藩を離脱したのだ。その後、江戸に戻った磐音は再び直心影流佐々木玲圓のもとで剣術修行に没頭し、玲圓の後継に指名されたばかりか、西の丸家基の剣術指南として武名を上げていた。そして、家基の影警護をなした坂崎磐音は老中田沼意次の怒りを買い、江戸を離れざるを得ない苦境に陥り、関前では、

「もはや剣術家坂崎磐音の復権はあるまい」

と噂されていた。それがつい最近江戸に戻ったばかりか、隅田川を挟んだ対岸の小梅村に新たなる、

「直心影流尚武館坂崎道場」

を開いたのだ。

藩邸では江戸家老の名で、

「もはや坂崎磐音は豊後関前藩となんら関わりはない。小梅村の尚武館坂崎道場への入門は許さず、付き合いも許さず」

と注意が流されていた。

だが、義弟の坂崎遼次郎は住み込み門弟を続け、磯村海蔵、籐子慈助も通い門弟として修行を続けてきた。一介の剣術家を老中首座の田沼意次が目の敵にすること自体が、坂崎磐音の大きさを物語っていた。

岩林も湯谷も江戸藩邸の奉公が決まったときから、坂崎磐音の指導を受けたいと願っていたのだ。

「中居様にこれからお目にかかる。中居様が藩務に差し支えないと申されるならば、いつなんどきなりと小梅村に参られよ。遼次郎どのは国許に戻るが、磯村海蔵どのが道場へ同道してくれよう」

と磐音が言うと、

「お願い申し上げます」

と二人して深々と腰を折った。

「若先生、伊佐次も恒吉も荒っぽい独習の剣術ですが、それがしより格段筋はよいです」

「海蔵どの、それでは尚武館の稽古が甘いように聞こえるな。この次からそなたと慈助どのの稽古を厳しゅういたそうか」

遼次郎を除くと、ただ今の尚武館坂崎道場の門弟中、関前藩家臣は海蔵と慈助だけだった。

二人は神保小路にあった尚武館佐々木道場時代の最後の門弟だった縁で、小梅村に新たに看板を掲げた尚武館坂崎道場に顔を見せていたが、正直伸びが感じられなかった。磐音らが江戸を離れていた年余、稽古を怠っていたせいだ。ために、ただ今は小梅村にて、稽古不足で体についた錆落としの最中だった。

「中居半蔵様の身辺になにかあったとき対応できぬでは、坂崎磐音の指導の仕方も問われるでな」

「はい」

海蔵が緊張して答えるのへ、

「ご両人、小梅村に入門が叶うた折りは、厳しい稽古を覚悟しておいでなされ」

と声をかけると、磐音は遼次郎に従った。

中居半蔵は、羽織を脱いで自ら清めたと思える墓の前で、線香の束を手に立っていた。線香からゆったりと煙が上がっていた。

「孝泉院様の墓じゃ。そなたは知るまいな」

半蔵が磐音に告げた。

磐音は腰の一剣、包平を抜いて遼次郎に預け、低頭して一礼すると、墓前に置かれてあった閼伽桶の清水をさほど大きくもない墓に竹柄杓でかけ、浄めた。

「実高様のご母堂の孝子様が中屋敷近くにお眠りとは存じませんでした」

「行人坂の大火事の中、猛煙に追われて目黒川のこちら岸に逃げられたのが幸いしてお命が助かった。その折り、孝子様方、中屋敷の者たちを快く受け入れてくれた新立寺の手厚い保護に感激なされて、自らこの寺に埋葬されることを願われたのだ」

磐音は半蔵の説明を聞きながら、行人坂の大円寺が火元であった大火事の折り、中屋敷に駆け付けて孝子様方を探し回った日のことを昨日のことのように思い出していた。

「明和九年二月二十九日、昼の刻限に発した火が、江戸の多くを焼き尽くし、死者は一万五千余人に及んだ。磐音、あの大火事の前にもう一つ、異例の出来事があったな」

「はい」

磐音は半蔵の言わんとすることを即座に理解した。

この年の一月十五日、小姓から異例の出世をなした一人の武家が、幕府最高の職権たる老中に就任したのだ。

家治の寵愛を一身に受けた田沼意次が幕閣で力を発揮するきっかけになった年が明和九年であった。そして十一年後、田沼意次、意知父子の力は今や絶頂を極めていた。

半蔵が、手にしていた線香を磐音に渡した。

磐音は線香を孝泉院の墓前に手向けて腰を落とすと、改めて合掌した。

「あの大火事はたしか、願人坊主の真秀が盗みを目的に大円寺に火を放ったのが原因であった。それがし、あの大火事を伝える瓦版を今もどこぞに持っておる」

半蔵の思い出話を磐音は背で聞き、立ち上がった。

「中居様、大火事の懐旧談を聞かせるために、孝泉院様の墓前にそれがしを呼び出されたわけではございますまい」

磐音は話を催促した。

「石垣殺害の調べとして、中屋敷を区分けして何度も捜索させた。じゃが、正睦様の身柄はどこにも発見できなかった。また中屋敷の者のだれ一人として国家老様を勾引す大罪に関わったとは思えぬのだ。二本榎の下屋敷にもそれがしの信頼する者が何人かおるゆえ、急ぎ調べさせておる。じゃが、いくらなんでも下屋敷に国家老様を押し込めるとは思えぬ」

磐音は頷いた。

「われらは昨夜から石垣仁五郎の放置された骸に引っ張り回された。だれがなんのためにやったのか。偶さかなどということはあるまい」

半蔵が吐き捨てた。

「二年ほど前、正徳丸船中で刺殺された物産方南野敏雄どのと、こたびの殺人の下手人が同一人ということが判明しただけでも収穫にございましょう」

「二件とも背から胸へと突き通した傷であり、このような手練れはそなたくらいしか思い当たらぬと纐纈から聞かされたぞ。むろん纐纈は本気で言うたのではない、それほどの手練れと言いたかっただけだ」

「中居様、その者の見当はつきませぬか」

「磐音、二年ほど前、正徳丸に乗船していた士分六人のうちの一人が、殺された南野だ。残るは五人じゃが、三人がただ今国許におる。ということは、この三人はこたびの石垣仁五郎刺殺には関わりがないということではないか」

「残る二人にございますが、江戸藩邸奉公にございますか」

「一人が藩物産所の帳面方として勤務しておる。それがしの直属の配下であった内藤朔次郎だ」

磐音はうっすらと内藤の顔を覚えていた。中戸道場の兄弟子だったからだ。ただ今四十代半ばに差しかかっているはずだった。だが、内藤が剣術の腕が抜群と聞いたことはない。また歳が離れていたせいで、稽古をつけてもらった記憶もなかった。

「内藤じゃが、それがしの下で長年働いてきた。あれほどの突き技の持ち主とは到底思われぬのじゃがな。酒好きだが、帳付けは几帳面、凡庸な藩士の一人じゃぞ」

忌憚のない意見を述べて、半蔵が首を捻った。磐音の記憶とも一致する半蔵の意見だった。

「今一人はどうしております」

「国許の藩物産所方として明和三丸に乗船してきた明神明夫だ。未だ船に足止めを食っておる。明和三丸から下船したのは、正睦様、照埜様に纐纈茂左衛門の三人だけだ。もっともこの三人は、明和三丸に乗っていたとしても数には入らぬ人物であったがな」

「二人の藩士を非情な突き技で殺したほどの人物です。明和三丸を抜け出すくらい難なくやり遂げましょう」

「昼夜を問わず明和三丸は見張られておる。もっとも正睦様の姿が消えて以後のことだがな」

「内藤朔次郎どのと明神明夫どのに会いとうございますな」

「手配しよう」

「表猿楽町に屋敷を構える奏者番速水左近様の屋敷に、今宵六つ半（午後七時）の刻限、まず内藤どのを使いに出していただけませんか」

「そなた、関前藩を引っ搔き回すつもりか」

「海産物の受け入れは今も若狭屋ですな」

磐音は半蔵の言葉には答えず問い返した。

「そなたのお蔭で今津屋を通じて縁ができた若狭屋だ。今や関前藩は若狭屋に足を向けて寝られぬわ」

「本日も荷下ろしの最中にございましょうな」

「若狭屋の番頭らが立ち会っていような」

「ならば佃島あたりに用があり、豊後関前藩の藩船に若狭屋の番頭の姿を見たゆえ、挨拶にとでもいたしましょうか。主船頭はだれにございますな」

「正徳丸の主船頭倉三の下で廻船航行をはじめから叩き込まれてきた市橋太平だ。正睦様の信頼も厚く、こたびの新造船の主船頭に抜擢された人物よ。まず市橋が阿片を積み荷に隠して江戸に運ぶとは思えぬ。間違いなく、正睦様からくれぐれもそのことの注意を受けての初の船旅であったはずだ」

「市橋太平どのですか。それがし、覚えがございます。あの者が新造船明和三丸の主船頭に抜擢されましたか。父も大胆なことをなされましたな」

「ひょっとしたら、正睦様と市橋は意を通じておるやもしれぬ」

「主船頭の市橋どのが父と母の乗船を承知していたのは当然かと思います」

しばし沈思した半蔵が磐音に問い返した。

「そなた、まさか明和三丸に正睦様が戻され、監禁されていると考えておるのではなかろうな」

「その見込み、なきにしも非ずではございませんか。主船頭は江戸に着いたら、手続きがございますゆえ、度々船を離れることもありましょう」

「関前から乗船されてきた正睦様は、佃島に着いた次の晩に密かに明和三丸を下りられ、いったんは駿河台の藩邸に入られた。敵方は、正睦様が隠密の行動をやめ、江戸入りの目的を公にされる前に強引に勾引し、再び明和三丸に押し込んだというか。敵方にしてみれば、国家老の坂崎正睦様は明和三丸に乗船しておられぬ人物。それをもう一度船に戻して、なにをしようというのか」

「中居様、父は江戸藩邸でまずだれに会おうとしたのでございますか」

「はて、それがしが正睦様ととくと話し合う前に相手方に攫(さら)われたでな」

「見当もつかぬと申されますか」

「いかにもさよう」

「中居様、坂崎正睦はそれがしの父にございます。それがしに中途半端な話を聞かせて命を張れと命じられますか。この刻も父が死に瀕(ひん)しておるやもしれぬのですぞ」

「磐音、なにを話せと言うのだ」

「中居様、藩物産事業は大きく売り上げを伸ばしているようですね」

「そなたがきっかけをつくってくれ、道を拓いてくれたお蔭で、関前藩の欠かせぬ財源となっておる。そなたにいくら感謝したとて言葉では言い表せぬ」

「そのようなことをお尋ねしているのではございません。ただ今の藩物産の扱い荷に長崎口の品があると仰いましたな」

うむ、と唸った中居半蔵の表情はいささか微妙なものだった。

「長崎に藩屋敷を設けて長崎会所から品物を買い入れるとか」

「ために利は薄いがのう。それでも江戸では砂糖など重宝されて確実に売れるそうな」

半蔵の答えは他人事のように聞こえた。

「この長崎口を藩物産事業に取り入れることを提案なされたのは、どなたにございますな」

ううーん、と半蔵がまた唸った。

「どうなされました。お答えくだされ」

「お代の方様のお考え、ということになっておる」

「お代の方様が藩物産事業に口出しなされたのですか」

ようも実高様がそれを許したな、と磐音は訝しく思った。

「ちょうどただ今のように殿が国許におられる時節でな、望月様が江戸家老で、その後任に就く前の鑓兼様の入れ知恵が真相らしい」

「それがし、江戸家老鑓兼参右衛門様にお目にかかったことはございません。中居様は、こたびの一連の騒ぎの背後に鑓兼様の関与があるとお考えではないのですか」

ふうっ、と半蔵が溜息を吐いた。

「格別隠す気などなかった。いやな、磐音、こたびの一連の騒ぎに江戸家老が関わっているかどうか、確たる証はなにもないのだ」

「中居様を留守居役と用人を兼ねる重職に推挙したのは父にございますな」

「いかにもさようだ。江戸では殿はお代の方様の言いなりに、つまりは鑓兼様の言いなりになっておられるという噂が家中に流れておる。じゃが、一旦国許に戻られれば、中興の祖といえる正睦様の意見に耳を傾けざるを得ぬでな。殿を説得されたのは、正睦様だ」

「中居様の昇進は、江戸家老鑓兼様のお目付役でございますな」

「本来ならば、留守居役も用人もさような真似をする職階ではなかろう」

「ですが、父は敢えて中居様を江戸家老の監視役として重職に登用された。にも拘らず父は老骨に鞭打ち、母まで道連れに江戸入りなされた。これにはそれなりの理由がなければなりません」

「磐音、それがしもそう思う。だが、すべて推論なのだ」

半蔵が力なく答えた。

「中居様、石垣仁五郎どのに江戸家老の身辺を探れと命じられましたか」

「命じた」

「なにか判明いたしましたか」

「お代の方様に呼ばれて、『中居半蔵どの、留守居役、用人は上司たる江戸家老の身辺を探るのが本務ですか』と手酷く叱られ、『殿が国許に戻っておられる江戸藩邸に波風を立てる真似は許しませぬ』ときつい言葉で詰られた」

「それがしの知るお代の方様は、さようなお方ではございませんでした」

磐音は、実高の正室のお代の方と先代の正室の孝子の間柄が決してうまくいっていなかったことを思い出していた。嫁と姑、どこにでもある厄介事である。

（もし孝子様がお代の方様になにか懸念を感じとられていたとしたら、中居半蔵が孝子様の墓前に自分を呼び出した意味もそこにあるのではないか）

と思った。

「磐音、鑓兼様が江戸藩邸で力を得られて以来、藩邸の様子が変わった。それがし、最初、なかなかの人物、これならば江戸家老は国家老坂崎正睦様の後継になれると望みをかけておったのだ。だがな、お代の方様の心を摑まれた鑓兼様は、じわじわと正体を現し始めた。気付いたときにはこの有様よ」

と半蔵が吐き捨てた。

「父は江戸家老の正体を摑まれたのでしょうか」

「そうでなければ危険も顧みず江戸藩邸入りなどなさるまい」

「鑓兼様は旗本の部屋住みであったと聞きましたが」

「纐纈が話したか」

「不都合でしたかな」

「そなたに深入りさせとうはなかったが、正睦様の身柄を相手方にとられては致し方あるまい。あの者、鑓兼家の婿養子に入ったのは安永二年頃、旗本伊丹(いたみ)家の部屋住みと言うておったが、真は紀伊の伊丹家の血筋でな、年寄衆の一家と聞いておる」

紀伊藩の年寄衆がどのようなものか知らぬが、手蔓(てづる)はあると磐音は思った。

磐音は紀伊本藩とも支藩の新宮藩とも交流があった。また姥捨の郷に滞在している折りのこと、高野山副教導の室町光然老師の供で大和街道を紀伊に向かっていたとき、光然老師の知り合いという紀伊藩江戸藩邸御目付糸川夐信と面識ができていた。

だが、その折り、磐音は清水平四郎という偽名であった。ために糸川の親切を無にした結果となっていたが、そのことも詫びたかった。

「中居様、改めてそれがしの立場を申し述べておきます。それがしは父坂崎正睦の行方を突き止めることのみに専念しとう存じます。その過程で立ち塞がる者と争うことになるやもしれませぬが、その者が豊後関前藩の家中の者でないことを祈るのみです」

半蔵は小さく頷いた。

「磐音、そなたには理不尽な言い方であろうと思う。お代の方様が鐺兼江戸家老を甚だしく信頼し、寵愛された背景には、そなたを喪った豊後関前藩の哀しみがあったと思う。そなたの名を余所で聞かされれば聞かされるほど、殿とお代の方様には格別に寂しさが募られたのだと思う」

「中居様、それがしが関前を離れたのは十年余も前のことにございます。坂崎家とて井筒家より遼次郎どのを養子に迎え、嫡男のことは忘れて、新たな行く末を考えております。それがしを喪った哀しみゆえに殿と奥方様が江戸家老を寵愛なされたなどとは思いたくございません」

「いささか偏った考えやもしれぬ。だが、それがしはお代の方様の変わりようをどう捉えてよいか分からぬのだ」

　半蔵が呟き、

「磐音、もし江戸家老が絡んだ阿片抜け荷騒ぎだと幕府に知れてみよ。豊後関前藩はお取り潰し、殿は切腹を命じられても不思議はない」

「で、ございましょうな」

「他人事のように言うてくれるな」

「それがしは関前藩を離れた人間にございます」

「そなた、正睦様の行方を追い、取り戻したとせよ。それで事が終わると思うてか」

「父ならば、坂崎家を出た人間に頼るようなことはなさいますまい。中居様のお考えが当たっているとするならば、父はおそらく江戸家老と刺し違える覚悟で明和三丸に乗り込まれたに違いありますまい」

磐音は今いちど先代藩主の正室、孝泉院の墓前に合掌し、
「新たなる力添え」
を願った。

三

その昼下がり、佃島沖に停泊して荷下ろしを行う豊後関前藩の新造帆船明和三丸に、霧子が操る猪牙舟が接近していた。

磐音は胴の間に座りながら、新造帆船が所蔵藩船の正徳丸や豊後一丸、豊江丸に比べてかなり大きく、これまでの関前、江戸往来で培った経験をもとにあれこれと工夫がなされていることを見てとった。

船の安定性と積み荷を増すために船幅が広く、舳先は丸みを帯びていた。

当然、刀の切っ先のように鋭角的な舳先は水切りがよく船足も上がった。だが、明和三丸の舳先は両舷に向かって丸みを帯びているのだ。

この船体では船足は落ちるはずだと思った。

帆柱に視線を移した。

明和三丸は和船独特の一本帆柱一枚帆だが、帆桁(ほげた)が長大で大きな帆を吊(つ)るすことができるようになっていた。これを可能にしているのは、ずんぐりとした船体だ。

さらに逆風航海には滅法弱い一枚帆の欠点を補うべく、舳先側と船尾側に大きな副帆の三角帆を二枚ずつ、都合四枚の三角帆が張られ、風を拾う工夫がなされていた。

さらに舵(かじ)にも工夫がなされていた。

北前船などの和船は外艫(そととも)に取り外しが利(き)く舵を使っていた。浅い海底の湊に入るときは、舵を取り外し、櫓で進んだ。だが、明和三丸の舵は船体に組み込まれていた。

豊後関前藩は長崎に藩屋敷を設けたというが、オランダ船や唐人船が交易に往来する長崎で、異国帆船から新しい造船術を学んで造船した大型帆船であることが見てとれた。

その明和三丸に荷船が群がり、主船頭と若狭屋の番頭らが舵場から荷下ろしを監督していた。

近づく猪牙舟に注意を与えようとした主船頭が首を傾げた。そして、そのかた

わらに立つ乾物問屋若狭屋の番頭の義三郎が、

「おや、坂崎様ではございませんか」

と声をかけてきた。

「若狭屋の番頭どの、佃島に所用で立ち寄ったら、豊後関前の新造船が一番船として到着したというでな、つい懐かしゅうなり見物に参った」

磐音は義三郎のかたわらに立つ日焼けした精悍な顔の主船頭を市橋太平と認めた。磐音は若き日の太平を承知していた。

「荷下ろしの邪魔をする気はない。海上から見物させてくれぬか、市橋どの」

「坂崎様、それがしは、坂崎様とお内儀のおこん様が豊後関前へ藩船で参られた折りもお供させていただきました。なんの遠慮が要りましょう。ささっ、小舟を舫って乗船し、船内を存分に見物していってください」

主船頭が快く磐音の乗船を許した。

「忝い。佃島から見ても新造船は立派でな、つい誇らしゅうなったのじゃ」

と応じる磐音のところに縄梯子が下ろされた。

「川舟に乗っていると荷船の動きで大きく揺れて船酔いいたします。連れのお方もささっ、船に上がってくだされ」

市橋の言葉に、磐音に続いて霧子も縄梯子に取りつき、船に上がった。

上層甲板では帆柱を利用して荷下ろしが行われていた。

磐音が見ると、上層甲板は水密性がよいようにしっかりと厚板で塞がれ固定されていた。その代わり、上層甲板の床の一角に二間半四方の穴が開けられ、そこから積み荷を各船倉に出し入れするようになっていた。

この方式だと荷積み、荷下ろしに時間を要するが、上層甲板の床がしっかりと張られているので、海水が船倉に入り込むことは避けられた。和船の揚げ蓋方式では荷積み荷下ろしは楽だが、海水がしばしば船倉に入り込んで大切な荷を濡らし、大きな被害を与えた。

磐音は舵場に上がり、主船頭の市橋太平と若狭屋の番頭の義三郎に改めて挨拶した。

「市橋どの、新造帆船の主船頭に抜擢された由、祝着至極にござる」

「坂崎様のお父上、国家老様の推挙によりそれがしが新造船の主船頭の重職に就くことになりました。いささか荷が重いことです」

「いや、そなたは江戸往来になんの差し障りもないほどの経験を積んでこられた。十分に新造船を操船し、物産商いを円滑になしうることができよう。こたびの初の船旅もすべて順調とお見受けした」

「船旅の途次、一日二日風待ちがございましたが、しっかりとした船足で江戸まで到着することができました」

「和船の千石船とはだいぶ船のかたちが違うように見受けられるが」

「坂崎様、和船は航(かわら)の長さ、つまり船の長さ一尋につきいくらと、舳先の反りから帆柱の太さ、長さ、舵の大きさまで決まってしまいます、この木割法を尋掛(ひろがか)りと申します。和船はすべて木割りで造船が決められます。またもう一つの方法は、帆一反に対して船各部の木割りが定められる方法です。これを帆掛(ほがか)りといいますが、この新造船は木割法をとらず、南蛮船(なんばんせん)の頑丈さを見習い、船底を縦に竜骨(りゅうこつ)を通して船腹の板壁に横柱を並べましたし、帆柱もより強固にしなやかに造船しましたので、なかなか快適な船旅ができました」

「それはなによりかな」

磐音の言葉に笑みで応えた市橋太平が助(すけ)船頭を呼び、荷下ろし作業を監督するように命じた。

暗い感じの助船頭には顔の覚えもなく、名も知らなかった。

「坂崎様、明和三丸を案内いたします」

「よいのでござるか、それがし、家中の人間ではないが」

「坂崎様とは中戸信継道場の同門、それがしにとって兄弟子にございます。たしかに家中のお方ではございませんが、坂崎磐音様は藩物産事業の創始者にして功労者にございます。その証に、殿のお許しを得て、坂崎様とおこん様を藩船にお乗せして、この佃島から豊後関前まで船旅をなさったではございませんか」

と市橋が再び二人の関前入りを話題にした。安永六年（一七七七）夏、おこんを同道して正徳丸に乗り込んだ磐音は、一路豊後関前に向かった。市橋はそのとき、藩物産所の警護方として同船していたのだ。

「いかにも、あの折りにも世話になり申した」

「ささっ、こちらにどうぞ」

市橋が磐音を先導して舵場から上層甲板に下り、

「娘さん、こちらでお待ちくだされよ」

と霧子に上層甲板での待機を命じると、磐音を連れて船倉へと案内していった。

市橋がまず磐音を連れていったのは、上層甲板に大きく開けられた荷の出し入れをする開口部で、上層甲板から中層甲板、さらに下層甲板へと吹き抜けになっており、各船倉からの荷揚げをこの開口部を使って行い、下層甲板の荷などを帆柱上に取り付けられた轆轤（ろくろ）を利用して上げ下ろしする仕組みのようだった。

磐音が下層甲板を覗（のぞ）くと、海産物の俵ものが運び出されるのを待っていた。

「荷下ろしは明後日の作業で終わります」

市橋太平が言った。

「他に荷がござるのか。未だ喫水（きっすい）が下がっているように見えたが」

「さすがは藩物産事業の創始者にございますな」

と笑った市橋太平が、

「われらの荷下ろしは明後日にて終わります。その翌日からの荷下ろし作業は江戸藩邸の方々が指揮をとられます」

「主船頭のそなたが監督されぬのでござるか」

「それがしもそう考えておりました。ですが、江戸家老の鑓兼様の使いが見えて、長崎口の品はどれも高価なものゆえ、江戸藩邸の者が直々に行うと、われらに荷下ろしから外れるよう命じられました」

「これまでもさようなことはありましたかな」

「いえ、それは」

市橋太平は荷下ろしの場から舳先へと向かい、舳先下にあると思える小部屋に案内した。そこには南蛮行灯のランタンが灯されていたが、どうやら壁に並べられた道具から察して、航海中に破損した部位を修繕するための作業部屋のように思えた。どれも道具は新しく、床には予備の帆が畳まれ重ねられていた。

「坂崎様、なんぞ江戸藩邸にて異変が生じましたか」

と市橋が磐音に小声で尋ねた。

「なぜそのようなことを問われるな」

「いくら新造船とは申せ、坂崎磐音様はぶらりと船見物に来られるお方ではございません。それなりの逼迫した事態が生じたゆえに明和三丸を訪ねてこられたのです」

と市橋主船頭が言い切った。

磐音は沈思した。

磐音はあまりにも長い間、豊後関前藩の内情を知らずにきた。だれを信頼し、だれが信頼できぬか判断がつかずにいた。だが、磐音は市橋太平の真摯な物言いに賭けることにした。

「そなた、父と母が明和三丸に同船していたことを承知しておられたか」

「いえ、公には知らされておりません。ただし、さるお方から、密かに江戸入りする者を二人ほど乗せてくれと極秘に願われました。またその人物がだれか知らぬ振りをするのがそなたのためだ、とも命じられました」

「父自身からじゃな」

「いかにもさようです」

「船中二人の世話をしたのは池田琢三郎どのであったな」

「坂崎様はすべてを承知で明和三丸に乗り込んでこられたのですね」

「家中を去った者があれこれと旧藩のことを詮索して不快でござろう。いささか事情がござってな」

「それがし、坂崎様が私利私欲や好奇心で動かれるお方とは思うておりませぬ」

「信頼していただき痛み入り申す。しばらく我慢して話に付き合うてもらえぬか」

「もちろんです」

「父は明和三丸が佃島沖に到着した次の晩に下りられた。江戸家老の鑓兼様の使者が明和三丸を訪れたのは父が下船した前かな、後かな」

「前のことにございます」

「そのことを父に伝えられたか」

「むろんのことにございます」

と答えた市橋太平が、

「坂崎正睦様に何事か起こったのですか」

「市橋どの、富士見坂の藩邸から何者かによって父は拉致され、行方を絶たれた」

「なんということが」

市橋太平が絶句した。

「正直に申す。ひょっとしたら、父が再びこの明和三丸に連れ戻されたのではないかと考え、かような姑息な手を考えて乗り込んだ次第。そのことをお詫びいたそう」

市橋が首を横に振った。

「照埜様もご一緒に行方を絶たれましたか」

「いや、母はわが家におこんや孫二人と、父が行方を絶ったことも知らず暮らしておる」

「ほっといたしました」

と市橋太平が言い、

「坂崎様に申し上げます。明和三丸の長たる主船頭はこの市橋太平にございます。たしかに江戸家老の鐺兼様から、長崎口の荷下ろしは江戸藩邸の者で行うと命ぜられましたが、それがしはどなた様がなにを命じられようと立ち会うつもりでおります。ただ今この船中に坂崎正睦様が軟禁されていることはございません。それがしの面目(めんぼく)にかけて申し上げます」

「疑(うたご)うて悪かった、許されよ」

と重ねて詫びた。

「坂崎様へ高言したそれがしですが、主船頭の立ち入りさえ禁じられた区画がございます。長崎口の品を積んだ艫船倉にございます。この艫船倉の上に、藩主やご家老衆など重臣がお使いになる船座敷があり、正睦様と照埜様はこの船座敷で船旅に耐えられました」

「船座敷から艫船倉にじかに下りられようか」

「いえ、艫船倉は中層甲板からしか出入りできません。艫船倉は内部から下層甲板の艫船倉にも下りられます。この区画が長崎口の異国の品々が積まれた場所にございます」

首肯した磐音は、

「市橋どの、新造の明和三丸に古帆布は積まれておろうか。いや、帆としてではなく、甲板に積まれた荷の雨具などに使うためにじゃ」

「いえ、海図、航海用具の他はすべて新造のものばかりです。国家老様が、せっかくの新造船、古い用具を使うとそこから傷んでこようと、すべて新しいもので装備を命じられました」

「これは使い古した帆布と思えるが」

磐音は弥助から返されていた手拭いを懐から出し、その中に挟み込まれた布切れを渡した。ランタンの灯りでしげしげと点検した市橋が、

「坂崎様、なぜこのような帆布の切れ端を持っておられますな」

磐音は、中屋敷の塀外で殺された石垣仁五郎の亡骸は帆布に包んで運ばれたようだと説明した。

「石垣様が殺された」

市橋太平の顔に憤怒と苛立ちのような感情が走った。

「許せませぬ」

「市橋どの、二年ほど前、正徳丸の船中で物産方の南野敏雄どのの刺殺体が発見された騒ぎがござったな」

「ございました。南野様の殺しとこたびの殺しに関わりがあるのですか」

「非情にも背中から心臓を貫く一撃必殺の技は、そうだれもかれもが会得できるものではあるまい」

「なんということが」

　と呟いた市橋が、

「まさかそれがしが舵を取る船にそのような残忍非道な遣い手が乗っていたとお考えなのではありますまいな」

「当時、正徳丸には南野どののほかに五人の士分が乗っていたそうな。そのうちの三人はただ今関前にあり、残る二人のうち一人は藩物産所の帳面方の内藤朔次郎どの」

「もう一人は国許の藩物産所方の明神明夫どので、こたびの明和三丸に同船しておりました」

　市橋が言下に応えた。

「明神どのは下船なされたか」

「いえ、未だ船中に留まっておられます。明神どのが船を抜け出し、石垣仁五郎様を殺害するなど金輪際ございません」

と言い切った。

磐音は頷くしかない。

「この古帆布にございますが、豊後一丸のものかと思います。正徳丸とは帆布屋が違いまして、これは豊後一丸の弥帆の一部と思えます」

「この明和三丸には古帆布など乗せていないと言われたな」

「今から一年ほど前、芝二本榎の江戸下屋敷の用人どのが見えられて、作業場の日除けに使うと申されて帆布を持っていかれました。それがしの記憶に間違いなければ、その帆布の一部かと思います」

石垣仁五郎が下屋敷で殺害された可能性を示す証言か、あるいは下屋敷から持ち出された古帆布が遺体運搬に使われたものか、磐音はあれこれと考えた。

「坂崎様、艫船倉の扉前には見張りがついております」

と説明した市橋が、

「四半刻だけ見張りを外させます。それがしは荷下ろしの差配に戻ります」

と言い残すと姿を消した。

市橋太平は磐音に得心がいくまで船内を捜索することを黙認したのだ。

主船頭でありながら、全権を認めようとせぬ江戸家老への反感がそうさせたともいえた。なにより同船してきた国家老が拉致されたことへの怒りがこのような行動をとらせたのだ。

磐音には有難い市橋の申し出だった。

しばらくその場に留まった磐音は、行動を開始した。

右舷側中層甲板の船倉伝いに艫へと向かった。すると中層甲板の船尾側の船倉には、まだ荷下ろしが済んでいない俵ものが天井まできちんと積まれてあった。

磐音が俵に触ると固い感触があった。鰹節が積まれた船倉だった。だが、明後日までの荷下ろし作業で、この鰹節も船倉から運び出されて消える。

さらに船尾へと進むと壁にランタンがかかり、頑丈な厚板の扉が嵌め込まれた船倉があった。これが市橋太平の言う艫船倉だろう。

南京錠にはなんと鍵が差し込まれたまま放置されていた。

市橋太平の厚意を磐音は受けることにした。

壁にかかっていたランタンを外して手にすると、鍵を回して袂に入れ、扉を開いた。すると明和三丸の船尾、中層甲板を利用して、物品が隙間なくきちんと積まれていた。香辛料の香りが船倉に満ちている。

磐音はランタンを手に、荷が積まれ、迷路のような幅一尺五寸ほどの通路を進んで全体の様子を調べた。中には南蛮長持ちのような厚板の大きな箱や、革製の大型道中鞄が並んでいる区画があった。どれも頑丈な南京錠がかけられていた。緞通と思える大きな円筒の包みが立てられている場所もあった。

磐音はざっと中層甲板の艫船倉を見回った。すると中層甲板から下層甲板に下りる螺旋式の階段が目に入った。

磐音はランタンを手に下層甲板の艫船倉へと下りはじめた。

中層甲板に人の気配がして、艫船倉の扉を開いた様子があった。

見張りが戻ったか、それにしては早かった。艫船倉は市橋太平ですら権限外の船倉だった。

(どうしたものか)

磐音は迷った。

豊後関前藩とはもはや無縁の磐音が藩所蔵船に潜入していたことが知れれば、それも江戸家老の鑓兼が権限を主張する艫船倉で見付かれば、正睦の身にさらなる危険が及ぶことにならないか。

四

磐音の迷いは一瞬だった。もはやここまできて後戻りはできなかった。なによりただ今の行動が正睦奪還に繋がると信じて探索を続行すると決め、磐音は下層甲板の艫船倉に下りていった。そこは長崎で嗅いだと同じ南蛮酒とオリーブ油などが混じり合った匂いがしていた。

阿片を船に隠して江戸に運び込むとしたら下層甲板の艫船倉ではない。中層甲板の艫船倉の南蛮長持ちか、道中鞄の中か、あるいは緞通の中に隠してのことだろうと磐音は見当をつけた。

市橋太平が磐音に許した四半刻が近づいていた。だが、中層甲板の艫船倉にだれか入り込んだ気配は消えない。

磐音はランタンの灯りが中層階へ洩れないように、体で隠して後ろ向きに螺旋階段を上がった。中層甲板の艫船倉に辿り着いたとき、螺旋階段からは一番遠い左舷側に灯りがちらちらしていた。

磐音は自ら持つランタンを吹き消し、手に提げた。暗い闇の中で迷路のような通路を思い出し、扉に向かった。

艫船倉内にいる人物も磐音の動きに気付いたか、足が止まり、天井を仄かに照らす灯りも動きを止めた。

磐音は艫船倉の扉へと急いだ。

その瞬間、頭上に異変を感じた。身を屈めて後ろに跳び下がった。

ドスン！

と重い荷袋が今まで磐音がいた辺りに転がり落ちてきた。

重い岩塩の袋だ。停船中の船で荷崩れするはずもない。だれかの手によって作為的に落とされたのだ。もし磐音が前方に走っていたら、体を床に叩きつけられて潰されていただろう。

ふわり

と磐音の頭上に飛び下りてくる人の気配がした。

磐音が咄嗟に手に提げていたランタンを振り上げると、

がつん

と体の一部をランタンが強打し、襲撃者を狭い通路の向こうへと飛ばしていた。

磐音はランタンを捨てると前方に走り、勘だけで扉に向かうと外に出て、袂から取り出した鍵を錠前の穴に突っ込み、中の人物を閉じ込めた。

「ふうっ」

と息を一つ吐いて、中層甲板の鰹節の俵壁の間の通路を進んだ。

その瞬間、殺気が背を襲った。

ぞくり

とした悪寒を感じながら磐音は前方に走った。

殺気はするすると従ってきた。狭い通路では包平どころか脇差さえ抜けなかった。

(物産方の南野敏雄を、そして、目黒行人坂の豊後関前藩中屋敷の土塀外で発見された陰監察の石垣仁五郎をひと突きで刺殺した遣い手)

そんな考えが磐音の脳裏に浮かんでは消えた。

磐音は右手で鰹節の俵の端を摑むと、次々に狭い通路へと投げ落とした。

殺意を持って迫る人物の切っ先を鰹節の俵の一つが掠めたか、あるいは刺客の体に当たり動きを鈍らせたか、殺気が遠のいた。

磐音は上層甲板への階段を駆け上がると、弾む息を整えた。その様子を、待ち受けていた市橋太平が黙って見ていた。

磐音は平静を装うと市橋に歩み寄った。

「お連れの方はすでに小舟でお待ちです」

磐音は鍵を市橋に差し出し、

「ご親切忝（かたじけの）うござった」

と応じて、

「明後日にはそなたらの荷下ろしはすべて終わると申されたな」

と問うた。

「それがなにか」

「わが道場に使いを出してもらえぬか。父と母の世話をなした池田琢三郎どのじゃ。池田どのに船中での両親の様子を聞きとうござってな」

磐音は小梅村の尚武館道場の場所を説明した。だが、このことは母の照埜には知られてはならない一事だった。

「じゃが、尚武館への訪問は、池田琢三郎どのだけに伝えてもらいたい」

「内密にせよと申されますか」

主船頭の市橋が即答し、尋ねた。

「坂崎様、船倉でなにかございましたか」

「一度目は岩塩の袋がそれがしの頭上に落ちてきた」

市橋が目を剝いた。

「また艫船倉を出たところで背後から刺客に襲われた。こやつが南野どのを殺し、また石垣仁五郎どのを刺殺した者であろう。市橋どの、明和三丸に乗り組んでいるすべての者の名を教えてもらえぬか」

磐音は岩塩の袋を投げ落とした者を艫船倉に閉じ込めてきたことを市橋に告げるべきかどうか迷った。だが、主船頭にすら気配を感じさせずに明和三丸に忍び込み、船内を歩き回っている連中だ。もはやそこにいるとは思えなかった。

「中居様はすでにご承知でございます」

「ならば中居様に尋ねよう。佃島に明和三丸が到着して下船した乗り組みの者はだれとだれにござるか」

「主船頭のそれがしが把握しているかぎり、明和三丸を下船されたお方は国家老様と奥方様だけにございます」

「いや、もう一人そなたが関知せぬ人物が乗船していたことはたしか。その人物も姿を消しておる」

「だれにございますな」

「纐纈茂左衛門どの」

「なんと、纐纈様もこの船に乗っておられましたか」

驚きの声を隠し切れない市橋太平の顔に憤怒が奔った。

「明和三丸の主船頭を仰せ付かったのはそれがしにございます。それがしの与り知らぬ事態が次々に現れ、不愉快にございます」

「市橋どの、邪な考えを実行しようとする者と、父や纐纈どののようにそれを阻止しようとする者は峻別せねばなりますまい。どうやら、この船ばかりか関前藩、長崎の藩屋敷、富士見坂の江戸藩邸にも腹黒い一味が蔓延っているようじゃ」

磐音の言葉に、はっとした市橋太平主船頭が頷いた。

磐音は佃島で猪牙舟を下りた。すると明和三丸を見張る小田平助、松平辰平、重富利次郎らが姿を見せた。

「中屋敷にも明和三丸にも父上のお姿はない。考えられる場所は芝二本榎の下屋敷じゃが、おそらくそこにも連れ込まれてはおるまい」

平助らに己の考えを告げた磐音はさらに言い足した。

「霧子、そなたから、中屋敷と船中で起こったことを平助どの方に説明してくれぬか。それがしはこれより渡し船で鉄砲洲に渡り、速水様のお屋敷に急行し、待機いたす。内藤朔次郎どのが表猿楽町に姿を見せられるかどうかで、内藤どのの疑念は晴れ、また疑いが深まることになる」

磐音が明和三丸の船倉にあって以後、見聞きしたり体験したりしたことは猪牙舟の中で霧子に告げてあった。

「若先生、われらのうちだれか連れていかれんね。なんがあってんくさ、連絡方が要るたい」

急展開したと感じた平助が、急ぐ磐音に忠言した。

「いかにもさようかもしれぬ。辰平どのに願おうか。佃島組は平助どの、利次郎どの、霧子の三人に願おう。関前藩に巣食う一味が動くとしたら、海産物の荷下ろしが終わる明後日以降のことかと思う。じゃが油断は禁物。阿片が積まれているのは明和三丸しかないでな」

「船に異変があれば、ただちに速水様のお屋敷に舟を走らせます」

霧子が磐音の言葉に応じた。

霧子が佃島に残ることになって、利次郎が嬉しそうな顔をした。だが、すぐに豊後関前藩を見舞った出来事が深刻なことに気付き、何事も発せず表情を引き締めた。

磐音と辰平は佃島からの渡し船に乗り、鉄砲洲に渡った。船着場には客待ちをする辻駕籠があった。

「若先生、お疲れにございましょう、どうか辻駕籠をお頼みください」

辰平が磐音の視線の先を見て言った。

「それがしだけ使うてよかろうか」

「門弟に遠慮なさることはございません。こたびのこと、神経に障る出来事にございます。できるだけ体を休めてください」

辰平が願い、磐音は表猿楽町まで頼むと駕籠屋に命じた。

磐音がふだん江戸市中で辻駕籠を頼むようなことはない。だが、辰平が指摘したように、父坂崎正睦の危機について、じっくりと考えを纏めたいと思ったのだ。

ともあれこの数日、あまりにも多くのことが出来し、整理ができていなかった。

磐音は駕籠に揺られながら、父正睦が駿河台の関前藩上屋敷から拉致されて以降の出来事を整理した。

速水邸では供待ち部屋に待機する磐音に夕餉の膳を出してくれた以外、そっとしておいてくれた。

辰平は杢之助と右近兄弟の部屋で待機していた。

磐音は待った。

六つ（午後六時）の刻限に至り、六つ半を過ぎたが内藤朔次郎が姿を現す様子はなかった。

五つ（午後八時）の時鐘が表猿楽町に響いてきたとき、奥から人の気配がして、速水左近自らが姿を見せた。

磐音は速水への書状を通して、豊後関前藩の新造船が佃島沖に到着し、その船に国家老の坂崎正睦と照埜夫婦が密かに乗船していたこと、また到着した翌晩に下船した正睦が、駿河台の藩邸に入った直後に何者かによって拉致されたことを知らせてあった。

「正睦様の行方は未だ摑めぬようじゃな」

「中屋敷、明和三丸と調べましたが、いずこも父が軟禁されている様子はございませんでした」

と、前置きして、中屋敷と明和三丸船中で起こった事実のみを告げた。

「国家老が江戸に密行してきて拉致され、次いで中屋敷近くで一人の藩士が殺されたというか。関前藩になにが起こっているのじゃ」

磐音は速水の問いに一瞬躊躇した。

速水左近は幕閣の一人だ。外様大名豊後関前藩に起こっていることが幕府の触れに反する場合、見逃すわけにはいかない立場にあった。だが、同時に坂崎磐音と速水左近は年齢や身分や立場の違いを超えて、これまでもあらゆる難関に共に立ち向かってきた間柄でもあった。

「お願いがございます」

「言わずともよい。そなたの口から聞いたことは坂崎磐音の友人たる速水左近個人として聞きおくと考えなされ」

「有難きお言葉にございます」

磐音は速水にすべてを告げた。

長い話を聞き終えた速水は、沈思した。長い沈黙だった。

「関前藩の物産事業は、藩政改革の一環としてそなたらが立案したことであったな。借財が消え、藩の金蔵に剰余金が積まれるようになると、そのような輩が現れるか。それも藩主実高様が国許に帰国なされておるときにじゃ」

と腹立たしげに言った。

磐音は黙って首肯した。

「江戸家老鑓兼なる人物が曲者（くせもの）に思えるが」

「そこまで断定してよい話かどうか、未だ確たる証拠はございませぬ」

「藩主正室のお代の方様の心をぐいっと捉えておる手際、なかなかの強（したた）か者じゃぞ」

「とにかく父正睦の身柄を奪還することが先決にございます」

「それで今宵、わが屋敷に顔を出す者は何者か」

「二年ほど前、正徳丸の船中で物産方が殺害されましたが、その折り、士分の者が他に五人乗っておりました。三人はただ今国許にあり、残る二人のうち一人が江戸藩邸に勤務し、もう一人が明和三丸に同乗しておりました。今宵、こちらを訪ねるよう中居様に手配りを願ったのは藩物産所の帳付けにございます。この者が怪しいというのではございません。その折りの事情を知りたいと思うたのです」

「待つしかないか」

と速水が言った。

それからどれほど待ったか、通用戸口に訪（おとな）いが告げられた様子があった。

刻限はすでに四つ（午後十時）を回っていた。

「待ち人が来たようじゃな。それがし、奥にて待つ」

「速水様、隣室にてわれらの会話をお聞きくだされ」

と磐音が願ったとき、速水邸の若侍に連れられて壮年の侍が姿を見せた。

内藤朔次郎だった。

「おや、坂崎磐音どのではござらぬか。それがしを奏者番屋敷に呼び出されたのは坂崎どのにござったか。お久しゅうござる」

「内藤様、無沙汰をしております」

磐音は中戸道場の先輩たる内藤に丁重に応じた。

「われら、坂崎どのが藩を出られて以降、神保小路の佐々木道場の後継になったという噂や、西の丸徳川家基様の剣術指南に出世なされた様子を、指を咥えて眺めながらも、密かに喜んでおり申した」

「恐縮の至りにございます。ご存じのように、元の木阿弥の素浪人、三年半余の旅回りの後、ようやく江戸に戻ってきたところです」

「噂に聞き申した。余計なことを申すようだが、坂崎どの、古来長いものには巻かれろという格言もござる。老中を相手に無理をせぬことでござる。あいや、それがし、忠言などしておるのではござらぬ。そのほうが楽に生きられると思うたまで」

「兄弟子のお言葉です、肝（きも）に銘じます」

　磐音の返答にうんうんと内藤が頷いた。

「内藤様は二年ほど前、藩船正徳丸に同乗し、関前に戻られましたな」

「騒ぎのあった船旅のことでござるか」

「物産方の南野敏雄どのが殺されたとか。内藤様は同じ船に乗り合わせておられて、南野どのの様子とか、また殺した人物になにか思いあたることはございませんか」

　内藤はひらひらと顔の前で手を振った。

「それがし、船旅などあの折りが初めてであった。いや、中居半蔵様がな、藩物産に携わる家臣は、若狭屋をはじめ、商人の店に参り、どのような品が売れ筋か、把握しておかねばならぬ。また、関前からどのようにして物産が船で運ばれてくるか知らねばならぬ。そうでなければただのんべんだらりと帳付けを繰り返し、商いの実態が分からぬゆえ、大きなしくじりを犯すものだ、と申されて、それがしに正徳丸に乗ることを命じられたのでござる」

「ほう、さすがは藩物産所の始動から携わる中居様、申されること、真に適宜なものかと存じます」

「坂崎どの、適宜かどうかは知らぬ。じゃが、まさか、それがし、あれほどひどい船酔いになるとは考えもせぬことであった。佃島を出た途端、船酔いに見舞われ、狭い船倉に倒れて幾たび嘔吐を繰り返したことか。ただ関前までずっと寝込むというていたらくで、関前に着いたという知らせにやれ嬉しやと船を下りようとすると、亡骸が先と言われて、何事か起きたのかと問い直したことを思い出します」

「船中のことはまるで覚えておられませんか」

「今も夢に出てくる。胃の腑に吐くものがなにもないのに吐く辛さ。船の揺れに合わせて、それがしの持ち物や嘔吐のための桶が動き回る光景。船旅は二度とご免じゃ。帰りは上司に願い、徒歩にて江戸まで戻ってきた」

「念を押すようですが、物産方を殺した人物には思い当たらぬのですね」

「それどころか、それがし、関前に着くまでそのような騒ぎがあったことさえ知らなかったのじゃ。後に同船の者に、そなたは気楽でよかったな、船酔いに感謝しろとからかわれる始末にござった」

と答えた内藤が船旅を思い出したか、

「うっ」

と吐きそうな様子を見せた。

「明神明夫どのもその折り同船しておられたのですね」

「いかにもさよう。明神どのならなんぞ覚えておられよう」

「それがし、明神どのに覚えがございません。剣術の腕はいかがにございますな」

「明神氏な。だいぶ昔の話になるが、明神家には一子相伝の奥義が伝わっておるとか。それが武芸であったか、舞楽であったか、よう覚えておらぬが」

内藤の曖昧な答えに頷いた磐音は、

「ただ今藩邸で新たな騒ぎが発生したとか」

「石垣仁五郎どのが、なんでも中屋敷近くで辻斬りに遭うたとか、駿河台は大騒ぎでござる」

「内藤様は石垣どのと昵懇にございましたか」

「同じ藩物産所方ではあるが、こちらは帳付け、あまり家中で付き合いはござらぬ。それにしても石垣どのがどうして辻斬りに遭うたか、家中がえらくぴりぴりしておって、なんとも居心地が悪うござる」

内藤は、国家老坂崎正睦の江戸入りも拉致された事実も知らぬげに言った。

「内藤様、夜分、屋敷の外に呼び出して申し訳ございませんでした。もはやお引き止めはいたしませぬ」

磐音の言葉に内藤が凡庸な藩士らしく頷き、右脇に置いた刀を摑み、

「どっこいしょ」

と掛け声をかけながら立ち上がろうとした。

「それにしても坂崎磐音どのが幕府の奏者番どのと付き合いがござるとは。さすがにその昔、西の丸様の剣術指南を務められた人物、われら豊後関前の田舎侍とは違いますな」

心底感心した体で内藤が磐音に言いかけ、供待ち部屋からひょこひょこと出ていこうとした。

その瞬間、磐音が動いた。

気配も感じさせずに立ち上がりざま、脇差を抜くと無音の気合いを発して、内藤朔次郎の後頭部に振りおろし、髷に触れたか触れぬ間をおいて止めた。

だが、内藤朔次郎の動作になんの変化もない。速水家の内玄関に下りると草履を履き、抜いた脇差を背に回した磐音に振り向くと、

ぺこり
と頭を下げて、通用門へと歩き出した。

隣部屋から速水左近が姿を見せて、

「あの人物が、物産方や、陰監察を務めるほどの者を突き殺せるであろうか」

と疑問を呈するのへ、磐音はただ小さく頷いた。

第四章 正睦の行方

一

この日、今津屋の振場役番頭の新三郎は船宿川清の小吉が船頭を務める屋根船に乗って、小梅村の尚武館の船着場に姿を見せた。

今津屋では豊後関前から磐音の母照埜が出てきているというので、照埜を江戸見物に誘い、江戸名所を水上から案内しながら、昼下がりには今津屋に招く予定だった。

照埜を正客に、おこん、空也、睦月を抱えた早苗、案内役を買って出た金兵衛、そして、尚武館の門弟松平辰平が加わり、門弟衆や季助、白山に見送られて屋根船はゆっくり隅田川へと出ていった。

辰平は坂崎正睦捜索隊の一員だが、なかなかそちらが進展しないこともあり、磐音に命じられてこの役に就いたのだ。

磐音はまさか照埜にまで手が伸びるとは思っていなかったが、万が一の用心のためと辰平を付けたのだ。また関前の坂崎家を少しでも知る辰平が同道することで照埜の気も紛(まぎ)れようとおこんも賛同し、一行に同道することになった。

屋根船の胴の間には、睦月がいつ休んでもいいように寝床が設(しつら)えられ、そのかたわらに照埜、おこん、早苗と女たち三人が囲んで座っていた。

一行はまず浅草寺への宮参りを兼ねて、吾妻橋(あづまばし)西詰へと向かい、船着場に船を着けようとしていた。

おこんも辰平も正睦の拉致騒ぎの不安を顔に出さぬよう、また磐音らが必死の捜索を続けていることを態度に表さぬようにゆったり構えようと自らに言い聞かせていた。

「照埜様、ご覧なされ。あの甍が有名な金龍山浅草寺でございますよ。江戸の観音霊場として江戸っ子の信仰を集めると同時にさ、江戸でも三つとねえ盛り場だ。参道の仲見世(なかみせ)も見物ですがね、本堂裏の奥山には茶屋が並び、芝居小屋やら見世物小屋が並んで、賑やかなことったらありゃしない。またさ、奥山を一歩、北側に抜けると浅草田圃が広がり、その先には選りすぐりの美姫三千人が妍を競う吉原がある。吉原ってのはですね、照埜様、男ばかりか女衆も見物したくなるほどの場所なんでございますよ。美形の花魁衆がさ、衣装に凝り、新奇な化粧をいち早く取り入れてさ、艶っぽく客に流し目を送る光景は、数多遊里のある中でも抜群でございましてな。なんたってご免色里、幕府がただ一か所許した遊び場ですからね、威勢がいいや」

「どなた様かが傾城として一時全盛を誇った場所にございましたね」

「おや、照埜様、ご存じでございましたか」

金兵衛が思わず白鶴太夫こと奈緒が磐音の幼馴染みであり、許婚であったことを忘れて応じた。

照埜は正睦からまったく連絡のないことを、そして、磐音たちが昼夜をおかず動き回っていることを気にかけていた。だが、決してそのことを口にすることはなかった。

おこんは、照埜のそんな様子を察し、今、照埜の気を紛らわすことができるのは金兵衛のような年寄りだと思い、父親を江戸見物に誘ったのだ。むろん金兵衛も一切事情を知らされていないため、いつもどおりに能天気を通すことができた。

「もはや小林奈緒様も己れの道を選ばれ、伴侶を得て幸せにお暮らしにございましょう。これもまた運命に従った結果です、ねえ、おこんさん」

「いかにもさようにございます」

照埜は、磐音の許婚であった小林奈緒の数奇な運命をどこでどう知ったか、出羽山形に嫁に行ったことまでも承知していた。

「あのお方がおられなければ、私は磐音様とお会いできておりません」

「人が人を結び、また別れさせてもいく。人の絆というものはなんとも不思議なものです」

とその話を締め括った照埜が不意に金兵衛に視線を戻し、

「金兵衛どのもやはり若い頃、吉原に通われましたか」

と訊いた。

照埜のおっとりとした口調に金兵衛がつい乗せられた。

「へえへえ、おこんが生まれる前は死んだ女房の目を盗んで、ちょくちょく通いましたよ。馴染みの名前はなんといったっけ」

うっかり返事をして喋りかけた金兵衛が娘に気付き、慌てて手で口を塞ぐと、その手を顔の前でひらひらと横に振った。

「いえね、男というもの、だれもが一度はそんな夢を見るという話でございますよ。実際、そんな話があろうはずもない」

「お父っつぁん、おっ母さんを騙しおおせたと考えているかもしれないけど、おっ母さんはすべてお見通しだったんですからね。お父っつぁんのお馴染みさん、揚屋町の妓楼春陽楼の橘さんって女郎さんじゃないの」

「えっ、おこん、なんだっておめえが生まれる前のことを知っているんだ」

「おっ母さんが死ぬ前に、男の隠し事は見て見ぬふりをするんだよ、と今津屋に奉公に出る前の私に教えてくれたのよ」

「おっ魂消たな。三十数年も前の隠し事が娘の口から露見するとは、考えもしなかったよ。いいか、新三郎さんや、そうだ、辰平さんもだ、女はよ、顔と腹とは違うからよ、気をつけな」

辰平と新三郎と小吉が、金兵衛の旧悪露見とその後の応答に笑ってよいものやら知らぬふりをすべきか、困惑の色を見せた。

「いいかえ、おこんが言ったことはうちの内緒ごとだ。おまえさん方、若い人間が真似するこっちゃねえ」

とさらに取り繕ってみたが、時すでに遅しだ。

「おっ母さんはとっくに許しているわよ」

「そうかね、おのぶに限らず女は執念深いからね、あの世に行ったときにおのぶに首根っこ摑まれて白状しろなんてことはねえだろうな」

と金兵衛が本気で案じた。

「金兵衛どの、よいおかみさんを嫁御になさいましたね。今日、江戸見物の途次、おこんさんの母御の墓参りに立ち寄れるといいのですが。それとも磐音が暇になった折りに一家で参りましょうかね」

照埜が呟いた。

「うちのかかあの墓は深川でしてね、墓参りなんぞはいつでも行けますよ。まずはほれ、吾妻橋の船着場に船を着けてさ、浅草寺で睦月のお宮参りだ」

小吉が心得て吾妻橋際の船着場に屋根船をゆっくりと寄せていった。

「新三郎さんや、わしが案内方を務めると、ついうっかりあれこれと口を滑らしそうだ。これからの案内方は新三郎さんに願いますぜ」

と金兵衛が頼み、新三郎が心得ましたと返事をした。

舳先に座っていた松平辰平が舫い綱を手にまず船着場に跳んで、船を杭に繫いだ。

この日、坂崎磐音は紋付き羽織袴姿で、内堀内赤坂御門に近い御三家紀伊中納言家江戸藩邸を訪ね、御目付糸川夐信に訪いを告げていた。むろん直心影流尚武館道場主坂崎磐音を名乗ってのことであった。

御目付は多忙な職階だ。御三家の御目付をいきなり訪ねていって面談できるとは思えなかったが、糸川は快く会うという。

磐音は玄関番の小姓に御用部屋へと案内された。すると御用部屋では、一度だけ大和街道で出会った人物が、にこにこと笑いながら磐音を迎えてくれた。

「糸川様、その節は本名を隠して偽名を名乗り、糸川様の厚意を裏切ることになってしまいました。大変申し訳なきこととお詫びに伺いました。突然の訪いにも拘らず刻を頂戴し、真に有難いことにございます」

磐音がまず深々と低頭して詫びた。

「あの折り、小田原藩大久保家陪臣清水平四郎どのと名乗られましたかな」

「武士にあるまじき姑息なことにございました」

「申されるな。それがし、室町光然老師に紹介される以前から、そなたを佐々木磐音どの、あるいは坂崎磐音どのと承知でな、そなたが西の丸様の剣術指南であった頃に偶さかお見かけしたことがあってのう。あの折りもすぐに事情をお察しいたした。もうそれ以上の詫びは無用にござる」

きびきびとした態度で紀伊藩の御目付が言い、

「多忙極まりない坂崎磐音どのが、そのためにそれがしを訪ねられたとも思えぬ。なんなりと用事があれば申されよ。紀伊藩はそなたに大きな借りがあるでな」

と言い切った。

三年あまり前、紀伊藩は明敏な嫡子の岩千代を次の将軍候補として江戸に送り込むかどうか迷っていた。

磐音は、紀伊の支藩の新宮藩で城代を務め、本藩にも影響力のあった榊原兵衛左ヱ門に、岩千代を江戸に送ることは決して紀伊藩のためにも、さらには岩千代のためにもならないと、家基の悲劇を念頭において述べ、和歌山に引き止める意見を真剣に具申したことがあった。

磐音は清水平四郎の偽名を使わねばならぬほど、田沼一派に追い回され、度々刺客に襲われていた。磐音一行の流浪の原因を探れば、次期将軍を確約された西の丸家基の暗殺に繋がった。明晰な家基は、疲弊した徳川幕府の希望の星であった。

「家基様なれば必ずや揺らいだ徳川幕府の屋台骨を立て直される」

と信じられていた。

その家基が暗殺されたのだ。その家基を陰から守護していた人物の一人が佐々木玲圓であり、坂崎磐音であった。

田沼専断政治が続く以上、西の丸に入る岩千代にもまた同じ悲劇が起こらないとはかぎらなかった。

田沼意次が岩千代をおのれの傀儡とはならじと考えたとき、家基と同じ死が待ち受けていると磐音は思い、そのような考えを榊原に述べたのだ。このことを紀伊徳川家家中は、

「得難い意見」

として受け入れた。糸川の言う大きな借りとはそのことだった。

「糸川様、それがし、御三家紀伊藩のためになんぞ働いた覚えはございませぬ。それればかりか、こたび甲府勤番の速水左近様を幕閣に戻すために御三家揃い踏みにて尽力していただき、それがし、紀伊藩と治貞様にお礼の言葉もございませぬ」

「家治様の先の御側御用取次の速水左近様も、どなたかのために江戸を離れざるを得なくなったのであったな。甲府にて三年余、苦労をなされた。能吏が幕府の

ために働けず遠ざけられる。あってはならぬことが起こる世の中でござるな」

「糸川様、こうして江戸にそれがしも速水左近様も戻ってこられました。それも偏（ひとえ）に皆々様のお力添えがあったればこそ」

「礼を申すためにそれがしに面会を乞われましたかな」

改めて要件を促す糸川に磐音は、

「旧藩に関わることにございます」

「そなたの旧藩は豊後関前藩福坂家であったな」

さすがは紀伊藩の御目付、糸川は紀伊領内で出会った坂崎磐音のことを調べていた。

「関前藩は領内の物産を藩船に積んで江戸に運び込み、船商いをしておられる。その利が藩財政を潤し、多額の借財が消えたと聞いたことがござる。その考えの発案者はそなた、坂崎磐音どのであったと」

「それがしはその一人にすぎませぬ」

「そう聞いておこうか。藩を離れられたそなたがなぜ旧藩のために動かれるな」

「糸川様、これからのこと、糸川様ご一人（いちにん）の胸に秘めていただきとうございます」

「当家、あるいは糸川とこの話がどう関わるかによろうな」

紀伊藩御目付は当然の立場を述べた。

「じゃが、そなたとそれがしの間には室町光然老師もおられれば互いの信頼関係もござる。忌憚なく申されよ、答えられることは正直にお答えいたす」

糸川は磐音の要請を呑んだと言外に言っていた。

「わが父坂崎正睦は未だ関前藩の国家老を務めております」

と磐音は糸川に前置きして、できるかぎりこの数日起こったことを告げた。

「なんと父御がそのような憂き目にな。そのことに、紀伊藩家中の伊丹家に繋がる江戸家老鑓兼参右衛門がなんらかの関わりを持っておると、そなたは考えられた」

「確たる証拠は未だ摑んでおりませぬ。ですが、この一連の騒ぎ、藩内のしかるべき地位にいる者が関わらぬかぎり、とてもできる話ではございませぬ」

「正室様の寵愛を受けた人物が、福坂実高様の帰国の折りを狙うたと疑いを持たれた、というわけでござるか」

「父の、国家老の命は風前の灯と申してようございましょう。そのために一刻も早い奪還をせねばなりませぬ。不確かな話でも動かざるを得ないのでございます。

藩を出たとは申せ、父と子の繋がりは終生のもの。糸川様、わが父救出にお力添えを願いたく、かく参上仕(つかまつ)った次第です」

「ようも正直に話された」

糸川が瞑目(めいもく)し、沈思した。

磐音の申し出をうんぬんするために瞑想したのではなく、伊丹家について考えを纏めているといった表情と磐音には思えた。

「坂崎どの、伊丹家は数家ござる。それがしが文庫に入り、念を入れ申す。暫時(ざんじ)、お待ちくださるか」

「有難き仰せにございます。一晩でも二晩でもこの場で待ちまする」

「多忙な坂崎どのを一晩二晩もお引き止めできようか。暫時お待ちあれ」

糸川が去ってしばらくすると小姓が茶を運んできた。さらに四半刻、半刻と時が過ぎ、一刻近く経って足音が戻ってきた。

「お待たせ申した」

磐音は隣室に人の気配を感じとったが、素知らぬふりをした。

御三家紀伊としても老中田沼意次が目の敵にする人物の藩邸訪問に神経を遣っているということであろう。

「坂崎磐音どの、そなた、ある危惧があってこの糸川に確かめに参られたな。いや、その返答はよい」

と糸川は言った。

「そなたの危惧じゃが、なんとも複雑ではある。そなたにもはや説明するまでもないが、老中田沼意次様の父親意行(おきゆき)様は、まだ部屋住みにあって主税頭(ちからのかみ)と称していた吉宗(よしむね)様のもとに召し出され、吉宗様の江戸行きにも同道された。その江戸屋敷で生まれたのが田沼意次様じゃ。ゆえに田沼家は紀伊徳川家の家臣であった。意次様の出世物語をそなたに聞かせる気はござらぬ。紀伊徳川家にとって田沼意次様という人物は、家来筋であって、かつ幕閣を巨大な力で専断する老中、いささか扱いに困るお方にござる。そなたは和歌山にて、門閥派(もんばつは)と江戸開明派(かいめいは)と呼ばれる田沼一派との争いを見聞なされたな」

磐音は予測された話の展開に黙って首肯した。

「さあて、意次様の正室は、伊丹本家伊丹直賢(なおかた)なる人物の娘御である。これも坂崎どのはとくと承知のことでござろうな」

伊丹家はもと紀伊藩士で、吉宗に召し連れられて幕臣になった家系である。その娘が意次の正妻なのだ。

「紀伊には伊丹家が、本家、分家、はたまた血筋が違う伊丹家と四家ござる。豊後関前の鑓兼家に婿養子に入り、とんとん拍子に江戸家老の地位まで昇り詰めた伊丹とは、吉宗様が紀伊藩主につかれる以前からの臣下であった家系の分け伊丹でな、吉宗様が八代将軍に就かれた折り、和歌山に残された家系の一家でござった。こう申せば、そなたはもはや意を達せられたであろう」

と紀伊藩御目付が磐音に言った。

そして、和歌山に残された分け伊丹家の血筋の伊丹荘次郎が、なんらかの手蔓で豊後関前藩江戸屋敷家臣の鑓兼家に婿養子に入ったと告げた。

「老中田沼様と鑓兼参右衛門こと伊丹荘次郎様は、なんぞ関わりがございましたか」

「坂崎どの、それをお調べになるのは豊後関前藩の役目にござろう」

「いかにもさようでした」

「坂崎どの、老中田沼様と分け伊丹の荘次郎が繋がるとしたら、御三卿の一橋家徳川宗尹様に仕えた本家伊丹直賢様との関わりしかござるまいな。それしか、それがしからは申し上げられぬ」

磐音は糸川の親切に深々と頭を下げることでしか、感謝の気持ちを表すことはできなかった。

「坂崎どの、そう頭を下げられてはそれがし、物が言いにくうなる。顔を上げてくだされ」

「なんぞそれがしがなすべきことがございましょうか」

「しばし刻を貸されよ」

「いかなることにございましょうな」

磐音は糸川の命が予測もつかなかった。

「まあ、それがしに従うてくだされ」

紀尾井坂、清水谷坂、諏訪坂と坂に囲まれて広がる紀伊江戸藩邸の長い廊下を糸川に案内されて行くと、遠くから磐音にとって耳慣れた音が聞こえてきた。

木刀と木刀が打ち合わされ、革でできた胴を叩く竹刀の音が響いてきたのだ。

糸川は磐音を紀伊藩の藩道場に案内して、剣術の稽古をさせようというのか。

紀伊徳川家の道場は敷地の東北部に、渡り廊下で結ばれた別棟としてあった。

人の気配からかなりの藩士たちが稽古に励んでいる様子だ。

磐音は正睦のことを一旦忘れざるを得ないことを覚悟した。

渡り廊下は道場の横入口に接しており、糸川に従って道場に足を踏み入れる前、磐音は包平を片手に提げて一礼した。そして、ゆっくりと道場に体を入れた。

広さは四百畳ほどか。床の四周に一間幅の高床があるのでさらに広く感じられた。そんな道場で百数十人の藩士らが稽古をなしていた。

磐音は見所に向かい、正座して神棚に一礼しようとして、その人物に気付いた。

数人の重臣と小姓を従えた紀伊家当主の治貞その人であった。

「坂崎磐音どの、よう江戸に戻られた」

治貞が磐音を見所下まで招き寄せた。

磐音は腰を低くして治貞の近くに寄り、正座した。

「治貞様、断りもなく紀伊領内に住まいしことお目零しいただき、坂崎磐音、感謝の言葉もござりませぬ。また速水左近様の奏者番就位に一方ならずご尽力をいただき、真に有難き幸せに存じます」

「そなたも多忙なことよのう」

「はっ」

「豊後関前藩国家老の父親がこと聞いた。さぞ心労であろう」

糸川との話を隣室で聞き取った人物が治貞に知らせたか。

「わが父のことで治貞様の御心をお騒がせ申し、恐縮至極に存じます」

「紀伊がなすべきことがあれば申せ。その折りは治貞の判断で動く」

磐音が予想もしない言葉が治貞の口から発せられた。

「はっ、お返しする言葉もございませぬ」

「父親がこと、片付きし折り、そなたを紀伊藩江戸屋敷の剣術指南に命ず」

磐音は治貞を見上げた。にこりともせず頷く治貞に磐音は、その場に平伏して承った。

二

おこんと早苗は睦月を伴い、小吉の操る屋根船でゆっくりと大川を下り、神田川へ入っていこうとしていた。

浅草寺でお宮参りを済ませたおこんは、まだ幼い空也や睦月のことを考え、早苗とともに船に戻ろうと考えていた。

一方、照埜は金兵衛を案内役に松平辰平を供につけて、奥山から東叡山寛永寺、下谷広小路などを見物して回ることにした。すると空也が、

「婆上様といっしょに見物にいく」

と言い出した。

「空也、迷惑をかけませぬか」

「母上、空也は一人で歩けます。江戸にも歩いて戻ってきました」

空也に言われておこんも迷った。

「おこん、この金兵衛がさ、空也の手をしっかり摑んで放さないから任せな」

と言い出し、辰平の他に新三郎が従うことになって、二手に分かれたのだ。

照埜は、おこんらに正睦から連絡がないことを案じているなどまったく感じさせないように振る舞い、宮参りを兼ねた浅草寺詣でを楽しもうと己に言い聞かせていた。

「江戸はなんとも人が多いものですね」

「だからさ、照埜様に申し上げましたろう。小梅村とは違うんですよ。今日はさ、江戸のごくごく一部をさあっと撫でるだけだがよ、後日だんだんと江戸の奥深いところをさ、この金兵衛が腕に縒りをかけて案内いたしますからな」

最前、船中で新三郎に案内方を譲ると言ったことなど、けろりと忘れて張り切っている。

「どてらの金兵衛さん」

「なんだ、おこん」

「なにも年寄りが張り切らなくても、辰平さんも新三郎さんもおられるのです。いいですか、わが姑様が疲れられたと思ったときは、すかさず辻駕籠を見付けてお乗せするのですよ」

「分かっているって」

と金兵衛が答えると照埜が、

「おこんさん、私は豊後関前の人間です。都の方とは違い、普段からよう歩いておりますから足は丈夫ですよ」

「お言葉を返すようですが、一日じゅう歩かぬ長の船旅は足を萎えさせます。また江戸はかように人出が多いせいで、人疲れもいたします。江戸は逃げも隠れもいたしませぬゆえ、しばらくはせっかちなお父っつぁんの調子に合わさぬよう願います」

おこんは最後に、照埜、空也、金兵衛のことを新三郎と辰平に願って、船に戻ったのだった。

「おこん様、浅草御門が見えてきましたよ」

小吉が米沢町の角にある今津屋に一番近い船着場に屋根船を寄せた。

「わっしは宿で待機していますから、おこん様、いつだって使いをくださいよ」

小吉は三人を下ろすと河岸道まで見送り、睦月を両腕に抱いたおこんは馴染みの両国西広小路の雑踏を眺めた。

相変わらず多くの人出で混雑していた。

「おこん様、私が睦月様を抱えて参ります」

「早苗さん、大丈夫ですよ。この土地は私が慣れ親しんだ広小路です」

おこんが宮参りの形(なり)で進むと、

「よう、おこんちゃん、二人目が生まれたってね。めでてえな。今日は宮参りかえ」

とか、

「だんだん貫禄がついてきてさ、昔今小町、今はなにかな、いや、この先を口にするのはやめておこう」

などと広小路で商う男たちが声をかけた。

「はいはい、ただ今はただの肝っ玉母さんですよ」

「おうさ、それそれ」

「元(げん)さん、このおこんさんが女ではなくなったと顔に書いてございますよ」

「そんなことは思っちゃいねえさ。子を二人ほど産んでさ、一段と艶っぽくなったようだぜ」

「ありがとう。その言葉、うちの亭主どのに聞かせたいくらいよ」

「若先生は相変わらずご多忙のようだね」

「うちは大所帯だから、しっかり稼がないと釜の蓋(ふた)が開かないの」

「冗談言うねえ、おこんちゃんと若先生の後ろには今津屋ってお大尽(だいじん)がついているじゃねえか」

「今津屋とうちは懐が違いますよ」

今津屋奉公時代のおこんそのままに露天商たちに応じて進んでいくと、

「卒爾ながらお尋ねもうすあぐる」

と在所の訛りで、ごわごわとした木綿ものを着込んだ武士がおこんに声をかけた。

「なんでございましょう、お武家様」

「こん界隈に両国橋(ばす)ちゅうはすがあると聞いたが、そんはすはどっちでござろうか」

「お武家様、両国橋は、ほれこの真東、大勢の人の群れが集まっている方角でございますよ」

「これはすんせつにかたじけなか」

二人連れの勤番侍が広小路を両国橋に向かう背に、

「江戸には懐中物を狙う掏摸(すり)が横行しています。どうかお気をつけて」

とおこんが声をかけると、

「ありがたか忠言かな。ほれ、わすの財布にはかように紐がついておってな、紐の端は帯に結わえてござる」

と一人がおこんに見せて、

「なかなかのお知恵にございます」

と受けたおこんが今津屋へと向かった。

今津屋では手代の宮松(みやまつ)が睦月を抱いたおこんの姿を目ざとく見つけて、

「老分さん、おこんさんのご入来ですよ」

と大声を上げ、由蔵が帳場格子(ちょうばごうし)から飛び出してきて、店先で迎えることになった。

「おや、おこんさんと睦月様と早苗さんの女ばかり三人で宮参りですか」

「うちの亭主どのはただ今忙しくてお宮参りどころではございません」

と答えるおこんに、

「いえ、そうではございません。姑の照埜様はどうなされましたな」

「うちのお父っつぁんとこちらの新三郎さん、辰平さんと空也の男ばかり四人のお供で江戸巡りです。私は睦月がおりますので、早苗さんと一緒にひと足先にこちらにお邪魔いたしました」

「ならば、店裏の長屋にまずおいでなされ」

由蔵が奇妙なことを言った。そこは機転で鳴らしたおこんだ、なにか意味があってのことと思い、頷いた。

おこんは勝手知ったる今津屋の三和土（たたき）廊下を抜けて台所に出た。すると女衆が、

「あれ、おこんさんのお子様のご入来だよ」

「私に顔を見せてくださいな」

「おうおう、おこんさんそっくりの器量よしだよ」

とか一頻り大騒ぎした。それでも睦月はおこんの腕の中でぐっすりと眠り込んでいた。

「皆さん、またあとでね」

今津屋の裏庭からおこんは路地に出た。そこには今津屋の家作（かさく）が数棟並んで建っていた。木戸に近い長屋はなにがあってもいいように空けてあった。その長屋の腰高障子（こしだかしょうじ）から小田平助の声が響いてきた。

「若先生、こりゃ、ひょっとするとひょっとするばい」

早苗が戸を叩いて訪いを告げた。

「どなた様かな」

利次郎の声がして、早苗が名乗りながら戸を開けた。するとそこに磐音を囲んで小田平助、重富利次郎、弥助がいた。辰平と霧子を除いた坂崎正睦救出隊の面々だ。

「ご苦労にございます」

おこんは、一統の疲労の顔にかすかな望みの光が漂っていると感じた。

「睦月の宮参りに従うことができず、申し訳ないことじゃ」

磐音が奥の六畳間から姿を見せ、睦月を抱き取った。

「照埜様にはお父っつぁん、それに早苗さん、辰平さんに新三郎さんが付き合ってくださいました。浅草寺でお宮参りを済ませ、私どもは今津屋に先回りして参りました」

おこんが答えるところに由蔵が後ろから姿を見せて、

「照埜様方は空也様を連れて徒歩で江戸見物だそうですよ、おっつけこちらにお見えになりますでな、ご案じなさいますな」

と磬音に声をかけた。

「母を案じてはおりませぬ。きっと皆さんと楽しく江戸を見物していることでしょう」

と応じた磬音の顔をおこんが見た。

「おこん、もうしばらくの辛抱じゃ。なんとか目処が立ったように思う」

「それはようございました。私どもは照埜様ともども小梅村の普段の暮らしを続けます。その暮らしに一日も早く正睦様が加わられることを神仏にお願いして参りました」

「おこん、小梅村は頼んだ」

短く言葉をかけた磬音がおこんに睦月を戻し、おこんは長屋の木戸口で待つ早苗と一緒に今津屋に戻っていった。だが、由蔵はその場に残った。

由蔵が長屋へ上がると、六畳間では小田平助が腕を組んで切絵図を眺めて思案に耽っていた。

「坂崎様、なんぞ目処が立ったのでございますか」

と由蔵が磬音を見た。

「平助どのらにはざっと話したところです。それがし、紀伊藩の江戸屋敷を訪ね、大和街道で知り合うた御目付の糸川様にお会いして、いささか気になる話を聞き込みました」

「ほう、紀伊藩藩邸で豊後関前藩の国家老の勾引しの糸口が得られましたか」

「いえ、こういうことにございます」

と前置きした磐音は、関前藩の江戸家老鑓兼参右衛門の旧姓が伊丹であること、そして、旗本伊丹家は紀伊藩の出であり、本家はもと紀伊藩士の伊丹一族であり、一橋家の元家老の伊丹直賢であること、その娘が田沼意次の正室であることなどを告げた。そして、

「伊丹直賢様が一橋家の徳川宗尹様に仕えて、家老職にあったことは、由蔵どのには説明の要はございませんな」

と付け加えた。

「関前藩の江戸家老鑓兼某が御三卿一橋様の元家老と関係があり、田沼意次様に繫がっておると、坂崎様は仰るのでございますか」

「確かな証拠はございません。ですが、関前藩の江戸藩邸で拉致された父が姿を消したのは駿河台富士見坂上にございました。夜分とはいえ、人ひとりを遠くへ運ぶのは大変なことでござる。ところが駿河台近くに田沼一派の拠点があったと

したら、そこへ父を連れ込むのが一番確かなことではございませぬか」

「そのような場所がございましたかな」

「尚武館佐々木道場があった神保小路はすぐ近くにございます」

「おお、そうでした。尚武館を強引にも召し上げた田沼様は、自らの息がかかった日向鵬齊なる人物を神保小路に配置なされましたな」

「考えてみれば尚武館のあった神保小路は、田沼様にとって目の上のこぶ、関前藩江戸屋敷にも速水左近様の表猿楽町の屋敷にも近うございます」

　磐音の言葉に一同が改めて江戸の切絵図に目を落とした。

　こたびの騒ぎの発端の関前藩江戸屋敷、速水左近邸、さらには尚武館のあった神保小路は指呼の間にあった。

「父の拉致は一見豊後関前藩の内紛の如く、中屋敷近くに陰監察の石垣仁五郎どのの骸を放置するなど手を加えておりますが、そのことは神保小路から目を逸(そ)らす策だとしたらどうでござろうか」

「坂崎様。こたびの騒ぎ、田沼様が尚武館佐々木道場を召し上げたときからの策の一つと考えれば、なかなかの深慮遠謀にございますな」

「由蔵どの、そうでなければ幕閣を壟断(ろうだん)などできますまい」

「だが、この考えが当たっていたとしたら、策士が策に溺れることになりませぬか。なんと、坂崎様の旧藩関前に人を送り込んで、江戸家老にまで登用させるという企てですからな。いよいよ田沼意次、意知父子の横暴ここに極まれりとは思えますな。それとも最後の足掻きでしょうか」

由蔵が憮然とした表情で言ったものだ。

磐音は心の奥底に妙にごろごろとした違和感が生じ始めたのを感じていた。

(それがなんなのか)

いま一つ判然としなかった。そのとき、

「若先生、尚武館の右隣は寄合席七百八十石松宮多聞様の御屋敷にございましたな」

と利次郎が膝を乗り出して言い出した。

「いかにも松宮様の拝領屋敷じゃが、それがなにか」

「それがし、佐々木道場に入門したての頃、松宮様のお屋敷にちょくちょくお邪魔しておりました」

「ほう、それは知らなかった。しかしそれがなにか」

「松宮の殿様は大の田沼嫌いなのだそうです。田沼が幕閣を専断しておる間はお役に就くことはないと諦め、釣り三昧の暮らしをしておられます」

「まさか利次郎どのが松宮家と親しいとは思いもよらぬことであった」

「若先生、松宮家の西側に蔵がございます。旧尚武館の敷地は蔵の風抜き窓から丸見えと思いませんか」

「松宮家を、老中田沼意次様がからむ騒ぎに巻き込んでよいものか」

磐音は迷った。

「いえ、この際です。田沼嫌いの松宮様の奉公人に願うのです。尚武館がなくなったことに、門番たちも深く同情しておられたそうな。それがしが参り、お願いしてみましょうか」

「利次郎どのは、松宮様をご存じか」

「いえ、奥女中のとあるお方を承知しているだけです。あっ、このことは、弥助様、霧子には内緒にしてください」

いささか狼狽した利次郎が言い出した。

「利次郎さん、松宮家の奥女中のお蓮様に付け文したことなど、とっくに霧子は承知ですよ」

「えっ、どうしてそんなことを霧子が知っているんです」

「わっしと霧子は、あれこれと噂をほじくり出してくるのが商売ですよ」

「そ、それはまずい」

「もはや手遅れにございますよ。それより、松宮多聞様のお屋敷の蔵に見張り所を設ける考え、若先生、十分使えます。坂崎正睦様が神保小路に連れ込まれているとしたら、必ず隣家から気配が見てとれます」

と弥助が言い出した。

「だが、直参旗本家を騒ぎに巻き込んでよいものであろうか」

磐音は未だこのことに拘（こだわ）った。

「坂崎正睦様の御身を奪い返すことがなににも増して優先すべきことです。利次郎様の案、なかなかのものにございますぞ」

「お聞きのとおり、今津屋の老分番頭どのも賛意を示されました。これから早速それがし、勝手知ったる神保小路を訪れ、掛け合ってきます」

利次郎が刀を手に立ち上がろうとした。

「お待ちなされ。いくらなんでも尚武館の門弟たる重富利次郎さんが直に掛け合うのは、まずうございます。神保小路では武家の動きに厳重な警戒をしているはず、ここは今津屋の由蔵にお任せ願えますかな」

「由蔵どのが直々にお出ましくださるのですか」

磐音が、由蔵とて田沼一派には知られた人物のはず、とそのことを案じた。

「寄合席の旗本松宮家とは、今津屋はこれまで関わりがございません。ですが、お武家様の内所がどこも苦しいのは、ごくごく当たり前のこと。両替商か札差を探せば、松宮家に金子を融通しているところが判明します。そうなれば、そこの奉公人に化けましてな、米沢町の古狸がひと芝居打って、必ずや松宮家の蔵を見張り所に借り受けて参ります」

「そのようなことまで願うてよかろうか」

と磐音は躊躇したが、

「若先生、ここは今津屋の老分番頭さんのお手並みばくさ、拝見するのがよかろうと思いますばい」

と平助が言い出し、弥助も首肯して、由蔵がまず動くことになった。

由蔵が外出して一刻も過ぎた頃、今津屋の長屋に松平辰平と霧子が揃って顔を出した。

「若先生、照埜様は大満足のご様子で江戸を楽しんでおられましたが、やはり船旅の疲れがまだ残っておられるようで、予定より早めに駕籠を拾って今津屋に参りました」

辰平の報告に磐音が、

「わが母の面倒までそなたに任せて相すまぬ」

「若先生、それがし、関前滞在中、どれほど坂崎家に、なかんずく照埜様にお世話になったか。これくらいの働きではまだまだ足りませぬ」

と辰平が言い、

「なんぞ進展がございましたそうな」

と尋ねたものだ。

三

照埜はそのとき、今津屋の仏間の立派な仏壇の前に座し、合掌して瞑目していた。そのかたわらでは空也が幼い口調で、

「なむだいしへんじょうこんごう」

を繰り返していた。このことは空也が空海上人の慈悲のもとで生まれ育ったこ

とを意味していた。

照埜は今津屋の先妻お艶や先祖代々の位牌に、

（磐音とおこんが世話になっていること）

を感謝し、その上で、

（坂崎正睦のこたびの行動に是あらば、無事に孫二人と対面させてくださりませ）

と願った。

空也の古義真言宗のお題目の声が一段と大きくなり、照埜は合掌と瞑目を解いた。

「空也、ようご先祖様の供養ができました」

「婆上様、こちらにも空也のごせんぞがおられますか」

「そなたの父と母が世話になった今津屋様とそなたとは血の繋がりはございませぬ。じゃが、天上からな、そなたのことを見守っておられますよ」

「はい」

「空也、あちらに参りましょうか」

今津屋の奥座敷では吉右衛門にお佐紀、それに一太郎と吉次郎が、金兵衛とおこんと談笑し、そのかたわらに睦月が寝かせられていた。

「大変な長旅にございましたね。さぞお疲れでございましょう」

お佐紀が改めて照埜の船旅に触れた。

「おこんさんが船旅は足が萎えると言われたが、歩いてみてよう得心がいきました。なんだか腰が浮いたようで、未だふわりふわりとした感じなのですよ」

「おこん様は照埜様とは反対に江戸から豊後関前まで船旅をされましたな」

「お佐紀様、あの旅と、照埜様の船旅ではまるで事情が違います。私どもは狭い船内とは申せ、気ままに歩き回ることができましたし、また湊では上陸し、足が萎えぬよう見知らぬ土地を歩くこともできました。一方、正睦様と照埜様は、身を潜めて狭い船室で過ごしてこられたのです。そのご苦労たるやいかばかりかと、想像もつきません」

「私はこうして皆様にあれこれ世話をかけて能天気に過ごしておりますが、正睦はそうは参りますまい。江戸に密行しなければならなかった事態です、ただ今も難儀に直面して神経を遣うておられましょう。気が休まることもないと思うと、申し訳ない気持ちです」

照埜は正睦の危難を察しているのではないかと、おこんは思った。口調にそれが感じられたからだ。だが、そのことは互いに口にはできないことだった。

「ともあれ、江戸ならば磐音もおりますし、また磐音のお仲間もおられます。正睦がこと、宜しゅうお願い申します、ご一統様」

　と照埜が願い、金兵衛が、

「照埜様、仰るとおり江戸でございますよ。うちの婿どの、いやさ、照埜様の倅どのが力になりますって」

　と応じ、それ以上金兵衛に喋らせるとなにを言い出すか知れたものではないと考えたおこんが、

「お父っつぁん、浅草寺のあと、照埜様をどことどこにご案内したの」

　と話の向きを巧妙に外した。

「おお、それよ。浅草寺から広小路に出てさ、新寺町（しんてらまち）通りに出たと思いねえ、下谷広小路に出て不忍池（しのばずのいけ）の周りを見物したのよ」

「あら、吉原に案内すると言っていたんじゃないの」

「おこん、ありゃ、口だけだ。いくらなんでも豊後関前藩六万石の国家老の奥方様と一緒に大門を潜れるものか。照埜様ばかりか孫の空也も連れているんだからな。もっとも武左衛門の旦那なら、それくらいのことはやりかねないがね」

「えっ、吉原というところは女でも訪ねていけるところですか」

お佐紀が突然言い出したので、吉右衛門が笑い出した。

「お佐紀様、吉原に女が出入りできるのは女髪結とかさ、鑑札(かんさつ)を持った商売人だけですよ。鷲(おおとり)神社の酉(とり)の祭(まち)の折りにさ、吉原を通り抜けさせるんですが、まあ、そのときくらいしか女衆の通り抜けはできません」

「お父っつぁん、一太郎様や空也の前で吉原を語るのはやめてくださいな」

とおこんに言われ、

「金兵衛さん、結局吉原というところ、男衆(おとこし)の遊び場なのですね」

「まあ、そんなところですかね」

とお佐紀に金兵衛が念押しされたところに、

「お待たせ申しました」

と今津屋の女中たちが、江戸中橋(なかはし)の名物おまん寿司をはじめ、料理と酒を運んできて、急に座が賑やかになった。

照埜を歓迎する今津屋での宴は一刻半(三時間)ほど続いた。満足した照埜は、おこんと空也、睦月、早苗の合わせて五人で、新三郎に見送られて柳橋(やなぎばし)の船宿川清から屋根船に乗り小梅村に帰っていった。

そんな屋根船を、霧子が船頭の猪牙舟が密かに従って警戒に当たっていたが、おこんらは気付くことはなかった。

尚武館の船着場に着いたところで、季助をはじめ住み込み門弟らに迎えられたのを遠目に見た霧子は、猪牙舟の舳先を巡らして、再び神田川へと戻っていった。

大川の真ん中に出たところで、猪牙舟の胴の間に寝転がっていた辰平と利次郎が上体を起こした。

「由蔵様は、神保小路の松宮多聞様とうまく話をつけてくれたかな」

利次郎が案じて、

「成算があるゆえ名乗りを上げられたのであろう。われら、今宵のうちに神保小路の松宮様の蔵に入ることになりそうじゃ」

と辰平が応じたものだ。

「由蔵様の交渉がうまくいかなかった場合は利次郎さんが出られますか」

霧子が利次郎になにも知らぬげに話しかけた。

「今津屋の老分どのが駄目なものを、この重富利次郎が出て打開できるとも思えぬぞ、霧子」

「おや、松宮家に見張り所を設けるのは利次郎様の案だと師匠に最前聞きました。利次郎様にしてはなかなか鋭いお考えかと感心いたしました」

「で、あろう。なにしろそれがしはどこにでも人脈(つて)があるでな」

「そこが利次郎様のよきところです」

「珍しく霧子に褒(ほ)められた」

にんまりと利次郎が笑った。

「お蓮様を頼りになさる心積もりでしたか」

「な、なに、お蓮様じゃと。き、霧子、そ、それはだな」

「付け文は三通ほど出されましたね」

「弥助様がそなたに言われたか、そ、それは誤解じゃぞ」

「日向邸を見張るために松宮邸に入り込むことを考えられたのですから、お蓮様の名が浮かんだとしても当然です」

「そうなのだ。若先生の父上が拉致されたという未曾有の事態ゆえ、考えられる手立てはすべて使わねばと呻吟(しんぎん)した末の知恵じゃ。そう要らぬ詮索をせんでくれ、霧子」

「なにも詮索などしておりませぬ」

「そうか、なにか怒っているようだがな」

利次郎が、櫓に軽く手をかけて流れに猪牙舟を乗せる霧子を盗み見た。すると霧子がにっこりと笑い、

「お蓮様は、もはや松宮様のお屋敷には奉公されておられませんよ。お宿下がりして、どこぞの御家人と所帯を持たれたそうです」

と告げたものだ。

「魂消たな、驚いたぞ。なぜそのようなことまで承知しておる」

「師匠と私は調べるのが務めなのです。あれこれと胸の中に秘めてございますよ。利次郎さんの隠し事はすべて」

「承知か」

「はい。未だお分かりではございませんか」

「辰平、聞いたか。霧子は空恐ろしい女子じゃぞ」

「そのようなことも考えんで霧子に惚れたか」

辰平の言葉に利次郎が、なぜか微笑を浮かべた霧子にちらりと視線をやって首を竦めた。

由蔵が今津屋の長屋に戻ってきたのは夜になってからだった。

「首尾はいかが」

と目顔で訊く一同に、

「この由蔵が出張ったのでございますよ。松宮多聞様から快く旧尚武館側の蔵をお貸しくださる約定を取り付けましたよ。今宵四つ（午後十時）以降、北側の路地奥の裏木戸を開けておいてくださるそうにございます」

と由蔵が告げた。

「ご厄介をおかけ申しました」

「なんの、松宮多聞様は、佐々木先生とおえい様が家基様に殉死なされたことを、ただ今の武家にはできぬこと、なんとも惜しい人物を喪うたと何度も仰いました。なにより老中田沼意次様のご政道に反感があるゆえ、田沼の息がかかった人間、日向鵬齊なる人物が隣に住むなど堪えがたい、とも仰っておられました。ともかく松宮家では蔵をどう使おうと一切関知せぬゆえ、ご随意になされたし、との坂崎様への伝言にございます」

磐音らが勝手に松宮家の蔵に入り込んだ、とするほうが双方にとって迷惑がかからぬ方策と考えて、松宮多聞はそう告げたのだろう。

「有難きお言葉にございます。ご親切を無にせぬよう今宵のうちに順次、神保小路に移りましょうか」

磐音の言葉に、まず弥助と霧子が松宮家の蔵に入り、様子を見ることにした。二番手に小田平助、辰平、利次郎が続き、磐音は最後に入ることが決まった。蔵に籠る前に磐音には訪ねるべき所があった。

表猿楽町の速水左近邸だ。

夜分にも拘らず、速水左近は磐音の来訪にすぐに会ってくれた。養父佐々木玲圓亡きあと、速水左近は、頼りになる師であり、大兄であった。

「父御についてなんぞ進展がござったか」

座敷に入ってくるやいなや速水が尋ねた。

「速水様にまでご心労をおかけ申し、恐縮至極にございます。お蔭さまで一か所、父が連れ込まれたと思える場所が浮かびました。これから出向くところです」

「ほう、それはどこじゃな」

「神保小路の日向鵬齊邸にございます」

「なに、関前藩国家老の坂崎正睦様を旧尚武館に連れ込んだとな。たしかに駿河台の関前藩邸にも近いが、いささか唐突な考えではないか」

「紀伊藩江戸屋敷に存じよりの御目付を訪ねて分かったことがございます。関前藩江戸家老の鑓兼参右衛門は、旧姓伊丹荘次郎にして、先祖は紀伊藩士にございますそうな。御三卿一橋家の元家老伊丹直賢様は本家筋、鑓兼の伊丹は分け伊丹と称して紀伊に残された分家筋にございます」

「一橋家の元家老伊丹直賢様の娘御は、田沼意次様の妻女であったな」

「いかにもさようです」

磐音は速水にそう答えながら、伊丹荘次郎が豊後関前藩の家臣鑓兼家に婿養子に入り、名も参右衛門と変えた時期を考えていた。豊後関前藩が宍戸文六の専断政治に大きく揺れていた時期、安永二年のことだ。それは孝泉院の墓前で中居半蔵からもたらされた一事だった。

その頃、田沼意次が豊後関前に注意を向けるような利害関係はない。田沼にしてみれば関前藩がどこにあるのかも知るまい。

(その時期に意を含んだ人物を関前藩に入れたか)

謎だった。

「なんと田沼一派は、そなたの出自たる豊後関前藩に田沼家の息がかかった人物を入り込ませておったか」

と速水が尋ねた。

田沼意次が西の丸徳川家基の影警護として働く佐々木玲圓、坂崎磐音師弟を強く意識したのは安永五年（一七七六）の四月、日光社参の折り以来のことだろう。にも拘らず三年も前の安永二年に、伊丹荘次郎を関前藩の鑓兼家に入れたのはどういうことか。

（分からぬ）

と思った。

「速水様、すべて推論の域を出ませぬ。されど父は、藩物産事業が長崎口の交易品を加えて拡大する中、阿片を藩船に運び込む一味が暗躍しており、その主謀者が江戸家老ではなかろうかと、なんらかの手がかりを摑まれたゆえ、急ぎ江戸に密行してこられたはずにございます」

これまた磐音の推論にすぎなかった。

「相手方は、正睦様が藩船に潜んで江戸に来られることを待ち受けておったか」

「そう考えるとこたびのこと、腑に落ちます」

「それにしても正睦様を、関前藩江戸藩邸にもわが屋敷にも近い旧尚武館に連れ込もうとは、だれも夢想もしまいな」

「ゆえに日向邸が選ばれたのではございますまいか。尚武館を取り潰し、田沼意知様の家臣を旧尚武館に入れたには、後々かようなことに利用する企てがあったのではございませぬか」

「老中どの、あれこれと深謀をめぐらされることよ」

「速水様、最前も申しましたが、確たる証拠があるわけではございません。日向邸の隣屋敷松宮多聞様より日向邸を望む蔵を快く提供いただきましたので、見張り所を設けました」

磐音の報告に頷いた速水が言った。

「磐音どの、それがしがなすべきことがあらば申されよ」

「この一件で速水左近様が動かれる要はございますまい。もし、われらの考えが的中し、日向邸に押し込んで父を奪還したと仮定いたしましょう。されば、その後の城中の動きを注視していただきとう存じます」

「相分かった。正睦様の奪還を祈っておる」

「奪還は今宵のうちとはいきますまい。とにかく一刻も早く父の安否を探り出しとうございます」

磐音は速水左近に言い残し、表猿楽町を辞去した。

磬音が神保小路の旗本寄合席松宮家の裏木戸から敷地に入ると、霧子が闇の中から姿を見せて、見張り所に借り受けた蔵へと案内していった。

その蔵は武具などを納めておくためのもので、松宮家では奉公人に命じて掃除をさせ、夜具まで数組入れておいてくれた。

蔵は一階と二階に分かれ、広さはそれぞれ二十数坪か。最初に蔵に入り込んだ弥助と霧子は、二階の風抜きの両開きの鉄扉を開くと日向邸がほぼ見通せることを確かめ、そこに見張り所を設けていた。

正睦の拘禁の確認と奪還に何日要するか、昼夜を分かたず交替で見張りを務めて情報を集めることが当面の活動だった。

磬音が蔵に着いたとき、辰平と利次郎が見張り役を務めていた。だが、一階からはその姿は見えなかった。行灯が灯された一階の本営では、筆を手にした弥助と小田平助が日向邸の見取り図を作成していた。

「ご苦労にござった」

と磬音が腹心の二人に言葉をかけた。

「若先生、夜半ちゅうてんたい、えろう静かと。それがくさ、却(かえ)って怪しかごたる」

見取り図から視線を上げた平助が磬音に告げた。

「父が拘禁されている気配があるかないか、推測もつきませぬか」

「小田様が言われるとおり、静かなことが却って怪しいといえば怪しゅうございます。ともかくこの見取り図をご覧ください」

弥助が矢立(やたて)に筆を仕舞いながら、

「佐々木邸だった時代、尚武館道場のあった建物が壊され、日向屋敷が新築されております。されど離れ屋は残され、奉公人の住まいとして使われておるようなのです」

「おこんとそれがしが夫婦の暮らしを始めた離れ屋が残っておりましたか」

「正睦様が連れ込まれたとしたら、まず離れ屋にございましょうな。夜ゆえ見張りの動きも見えませんし、人の出入りもございません」

「日向邸として新築された母屋はいかがです」

「わっしと霧子がこちらの蔵に着いたときには、母屋で人の気配がしておりました。ただ今はぐっすりと寝込んでおるものと思えます」

と答えた弥助が、

「若先生、わっしと霧子の二人で日向邸に忍び込もうと思いますが、いかがですか」

「見張りの巡回はないのでござるな」

「今のところ、ございません。ともあれ、静かすぎるのが気に入りませんや」

「われらが気付いて忍び込むのを待ち受けているということはござらぬか」

「なんともその判断がつかないのでございますよ」

磐音は自ら旧尚武館の敷地を眺めて判断することにした。二階への梯子段を上がる気配に辰平と利次郎が気付き、振り向いた動作が、一階の行灯からこぼれた微かな灯りに窺えた。

鉄扉は蔵のいちばん高い漆喰壁に切り込まれていて、弥助らが鉄扉に届く高い脚台を工夫して、梯子で上り下りができるようになっていた。

利次郎が脚台から下りてきて、磐音と代わった。

磐音が鉄扉への脚台に上がると、辰平が体をずらして磐音に場所を譲った。

月明かりが神保小路一帯の武家地の瓦屋根を青く照らしていた。さらに神保小路の一部も覗けた。

磐音が尚武館佐々木道場だった日向邸に視線を向けると、敷地四百五十余坪の七割ほどが見通せることが分かった。

道場のあったところに新たな屋敷が建てられ、その北側におこんと磐音が新所帯を持った離れ屋が見えて、花が咲き終えた桜の木が夜風にかすかに揺れていた。

夫婦となった磐音とおこんは、尚武館に入って以降、新築された離れ屋で過ごしてきた。

玲圓は、跡継ぎの磐音に尚武館の実権を譲って離れ屋におえいとともに移ろうと考えていた。その最中に家基が暗殺されて、玲圓とおえいが殉死を遂げた。

尚武館佐々木道場は、田沼意次の意で幕府に拝領地を返納することとなった。

尚武館佐々木道場が壊された跡地に田沼意知の家臣だった日向鵬齊が屋敷を建てた。その折り、佐々木家の母屋は道場と一緒に取り壊されたとみえてなかった。

磐音はじいっと離れ屋に視線を凝らした。

おこんと祝言を挙げ、所帯を持った小さな家だった。

剣術家坂崎磐音のすべてが詰め込まれた四百五十余坪に昔のようすがが残されているとしたら、片番所付きの長屋門と長屋、そして、離れ屋しかなかった。

四

磐音とおこんが祝言を挙げた宵、華麗に咲き誇っていた桜が月明かりに清々しい青葉になって見えた。そのかたわらには大工の棟梁銀五郎が植えてくれた白桐の木があったはずだが、その姿は見えなかった。

すべてが変わったのだ。

そのことを改めて磐音は思い知らされた。

尚武館佐々木道場をこの地に再興できるや否や。謂れはどうであれ、覆水は盆に返ることはあるまいと、磐音はそう考えざるを得なかった。もはや直心影流佐々木玲圓の指導する尚武館道場は破壊されて跡形もないのだ。

だが、佐々木玲圓の志は引き継いでいかねばならないと磐音は己に言い聞かせた。

(それでよい)

磐音の耳の奥に、師であり養父であった玲圓の懐かしい声が響いた。

(それでよろしいのでございますか)

(剣術とはなんぞや、磐音。尚武館道場の建物の継承ではあるまい。かたちなき剣の心を伝えることよ)

はい、と無言の裡に返答をしていた。

(そなたが神保小路に参ったのは感傷に浸るためではあるまい)

（いかにもさようでした。父の危難は承知でございますな）

（承知しておる）

（父は離れ屋に拘禁されておるのでございましょうか）

（はてな、それはそなたらが調べることぞ。黄泉に参った者に縋る話ではなかろう）

（いかにもさようでした）

磐音と玲圓の会話は幻聴か、はたまた自問自答か。

しばし磐音の耳に沈黙があって、

（そなたの得意技は待ちの剣法であろう。急ぐことはあるまい）

（いかにもさようにございます）

気配が消えた。

日向邸も離れ屋も装われた眠りの中にあるように見受けられた。

「辰平どの、あとを願う」

辰平に言い残して磐音は一階に下りた。

「弥助どの、今宵忍び込むことはやめましょう。明日の日中、日向邸の動きを確かめてから、忍び込むかどうか決めても遅くはなかろうと思う」

磐音の答えに弥助が、承知しましたと返答した。

坂崎正睦は夜半、尿意を感じて目を覚ました。

だが、外の厠に行くためには見張りの者を呼ぶことになる。どこにどう連れ込まれたか、まったく見当もつかなかった。

はっきりしていることは、関前藩が新造した明和三丸で佃島沖に到着した次の夜、江戸留守居役兼用人に昇進したばかりの中居半蔵が差し回した乗り物で駿河台富士見坂上の江戸藩邸に入り、乗り物に乗ったまま藩邸内の庭を通って、御用部屋に連れていかれたことだ。

正睦が乗り物の中から正面を見ると、御用部屋の一段高い床に大きな脇息に上体を預ける人物がいた。

中居半蔵の御用部屋ではない。とするとこの傲岸不遜の人物は、

「江戸家老鑓兼参右衛門どのじゃな」

正睦は江戸家老を睨み据えて、乗り物を出た。

「これはこれは、思いがけなき御仁のご入来かな。国家老坂崎正睦様の江戸密行とは、異なことにございますな」

「年寄りは思いがけない考えを頭に浮かべるものでな、新造船明和三丸の初の江戸行きの座興と心得られよ」

「坂崎正睦様と申せば、関前藩六万石の中興の祖と崇(あが)められる人物にござろう。そのお方が座興で江戸行きを思い付かれたとも思えませぬ。なんぞ、考えがあってのことかと存ずるが」

「なくもない」

と応じた正睦は高床下に座すと、

「江戸家老どの、長の船旅をしてきた人間に茶を一杯振る舞うてはくれぬか。船旅はえろう喉(のど)が渇くものでのう」

と鑓兼に頼んだ。

「江戸に茶を喫しに参られたか」

と応じた鑓兼が、

「神藤小弥太(しんどうこやた)、喉が渇いたと仰せの御仁がおられる。格別なる茶を供せよ」

と背後の襖(ふすま)の向こうに命じた。

鑓兼が正睦に注意を戻した。

「国家老坂崎正睦様の座興を、江戸藩邸ではどう扱えばよいのでござろうな。頭を悩ますことよ」

　と鑓兼が他人事のように告げた。

「江戸家老どの、この場に留守居役中居半蔵を呼んではくれまいか」

　正睦は告げた。

「江戸屋敷を掌握するのは江戸家老にござろう。それがしでは役に立ち申さぬか」

「そういうわけではないがな、中居を同席させた上で、それがしの江戸訪問の目的をはっきりとおぬしに伝えようと思うてな。ついでに申さば国許、江戸と家老職は二人おるが同格ではござらぬ。江戸家老を監督するのはこの国家老坂崎正睦にござる。それがしの命は藩主の命と同じこと」

「ならば、留守居役を呼びましょうかな」

　と応じた鑓兼が、

「藩主の命と申されたが、坂崎正睦様の行動、藩主福坂実高様はご存じのことにござろうな」

「実高様の意に反した言動をとったことは一度とてござらぬ」

「殿がご承知のことと申されるか」

「念には及ばぬ」

国家老と江戸家老が睨み合う場に、二人の小姓が茶を運んできて供した。

「豊後関前になきものがいくつかござる。茶葉はいけませぬな。よって宇治の茶葉を関前藩の客には供しており申す。喉が渇かれた由、十分に賞味なされ」

鑓兼が言うと自ら正睦に先んじて、さっさと茶碗の蓋をとり、喫した。

「江戸家老どの、中居半蔵の件はどうなされた」

「国家老どの、それがしが一々命ぜずとも、配下の者がすでに動いており申す」

「それは失礼いたしたな」

正睦は蓋をとり、茶碗を両手で包むようにして香りを嗅いだ。

「さすがは宇治、香りが違うな」

と呟きながら、

(いつから江戸藩邸では宇治茶を取り寄せて、来客に供する贅沢をなしておるのであろうか)

と考えた。

豊後関前藩が借財だらけで参勤上番の費えがない頃、奥向きの茶でさえ渋茶であった。

藩主の実高もその茶で我慢をしてきたのだ。
正睦は温めに淹れられた茶を一服喫して、
（おや、この宇治は渋みがあるな）
と思った。だが、明和三丸の船室に閉じ込められての二十数日の船旅だ。
（舌がおかしくなっているのであろう）
と再び宇治茶を喫した。
舌先に痺れが残った。
（おや、これは）
正睦は一段高い床にある鑓兼参右衛門を見た。顔に邪な笑みが浮かんでいた。
はっ
と気付き、
「謀ったな」
と言葉を発しようとしたが、視界がぼやけ、急に意識が途絶した。
あの瞬間からどれほどの時が流れたのか。
座敷牢が関前藩の江戸藩邸内に設えられたものか、あるいは別の場所なのか、まったく判断がつかなかった。ただ一日三度三度の食事は供され、用便には座敷牢を出て、厠まで小姓が従い、用を足すのを外で待ち受けていた。

関前藩藩邸であるとすると、目黒行人坂の中屋敷か芝二本榎の下屋敷か、あるいは駿河台の上屋敷に留められたままか。いずれにしろ、お長屋と呼ばれる中級藩士の家の一軒に閉じ込められていると想像された。

あの日以来、鑓兼の姿を見ることはない。対応するのは小姓二人で、時に一人は正睦に話しかけようとする態度を見せたが、もう一人が邪魔に入った。その一人はもう一人の小姓を監視しているのだ。

正睦が知りうるかぎり、三晩目の夜を過ごそうとしていた。意識が途絶していた間に何日か時が過ぎたか、そうなると正睦には把握できなかった。

深夜、ゆるゆるとした時だけが流れていく。

正睦が江戸に密行してきたことにより、不鮮明だったことで明白になったことがあった。

江戸家老鑓兼参右衛門が、藩物産事業の拡張を図り、組頭の中居半蔵からその実権を奪おうとしていることに、なにか隠された企てのあることがはっきりした。

オランダ船や唐人船からもたらされる交易品が関前藩の物産事業に加わり、確

かに年間の扱い高は二倍にも三倍にも増した。だが、そのような長崎口の品の中に幕府が医薬品外として輸入を禁じている、

「阿片」

が混じり、江戸で密売されているとしたら、そして、幕府がその事実を摑んだとしたら、関前藩はお取り潰し、藩主実高の切腹は免れないところだ。

正睦が、関前に帰国中の実高に、関前藩に起こっていることを最初に具申したのは、正徳丸が物産方の南野敏雄の刺殺体を運んできた二年ほど前のことだ。

以来、実高の参勤上番を挟んで、二年近くの歳月が過ぎ、再び、悪夢が蘇ってきた。

関前城下の遊里撞木町で、阿片中毒と思える下士と水夫が禁断症状を起こし、刀や刃物を振り回して大暴れしたため、町奉行支配下の手代らが捕り物姿で出動したが、捕り方にも数人の死傷者が出る騒ぎが発生した。

正睦は、下士の池淵余五郎と豊後一丸の水夫の勘助が、長崎の藩屋敷に滞在中に阿片の魔力に憑かれたことを知った。

豊後関前藩の長崎に設けた藩屋敷、関前城下、藩所蔵船の正徳丸と豊後一丸、豊江丸、そして、江戸の関前藩邸を結ぶ阿片の密売組織が在り、その闇の組織は藩物産所の事業を隠れ蓑にしていた。

正睦は実高の判断を仰いだ末に、この騒ぎを江戸に知られぬように厳重な箝口令を敷いた。その上で新造船明和三丸での江戸密行になったのだ。

阿片密売組織の闇の頭目が江戸家老と推測したのは中居半蔵だ。

豊後関前藩の安泰と藩主実高の無事のためには、一刻も早く藩内の者の手で闇の組織を潰し、すべての証拠を消し去る要があった。

正睦の江戸行きを認めた実高は、

「正睦、こたびの危難、今いちど磐音の力を借りよ」

と命じたのだ。

「倅はすでに藩を離れて十年余の歳月が過ぎておりまする」

「正睦、藩物産事業を企てたのは磐音じゃぞ。その折り、血が流れ、若い命が何人も失われたのを忘れたか」

「殿、なんじょうあの悲劇を忘れましょうぞ。それがしもまた嫡子磐音を喪うたのでございます」

「磐音が身を以て築いた藩物産所の危機じゃ。磐音は必ずや力を貸してくれよう。よいな、正睦、若い者の力を借りよ」

と何度も言った。

だが、正睦はなかなか実高が得心する返答をしなかった。

「なぜ磐音の力を借りぬ」

「はい、それは」

と応じた正睦はその先の危惧を口にしなかった。

「そなた、江戸家老に鑓兼を推挙した者がお代であることを、気にかけておるな」

「いえ、それは」

「借財だらけの折り、予と奥は江戸藩邸での食事も一汁一菜で満足しておった。磐音が藩を抜けたあと、宮戸川の鰻を藩邸に持参した折りのお代の喜びようはなかった。あれから繰り返し『殿様、鰻とはあのように美味なるものですか』と思い出していたものだ。ところが近頃、参勤上番で江戸に出てみると、三度三度の膳が華美になり、食しきれないばかりか大半が箸もつけられずに下げられる。お代は苦しい時代を忘れたかのように、今日は芝居見物、明日は料理茶屋と遊び呆けているように見ゆる。藩物産所の上がりでお代が少々浪費したとしても、関前藩の財政はいささかも揺るがぬやもしれぬ。それもこれも鑓兼の誘いに乗ってのことだ。呆れて物が言えぬ」

「殿、藩物産事業の利が阿片の利とするならば、幕府に知られたとき、抗弁のしようもございませぬぞ」

「分かっておる。ゆえにそなたがわざわざ新造船に乗り、江戸に向かうのであろうが」

「いかにもさようにございます」

実高はしばし瞑目した。そして、ゆっくりとした口調で、

「まさかとは思うが、お代が阿片に関わっておるならば、正睦、予の命じゃ、果断なる処置を命ずる。死を以て罪科(つみとが)を償うべきとそなたが判断したとき、予は許す。お代を厳しく処断いたせ」

と命じたのだった。

だが、江戸の藩邸に巣食う一味は正睦の密行を承知で、あっさりと正睦を拉致し、いずこかの座敷牢に拘禁したのだ。

正睦は尿意を覚えてから二刻（四時間）ほど我慢しどおし、明け六つ（午前六時）に隣室に控えている小姓を呼んだ。何度か低い声で繰り返し呼んだ後、ようやく小姓が寝ぼけ眼(まなこ)で姿を見せて、座敷牢の錠を開いて正睦を外に出した。

用便を済ませ、座敷牢に戻されると、桶に水が張られて洗面の用意がなされていた。

一日三度の食事は二度にして昼餉は断った。まったく動き回ることもない暮らしに三度三度の食事は十分すぎた。

正睦は朝餉(あさげ)を運んできた小姓に、

「留守居役中居半蔵を呼んでくれぬか」

と願った。一人の小姓がなにかを言いかけようとするのをもう一人が制して、

「われらにはなんの権限もございませぬ」

と一応言葉だけは国家老を遇する体(てい)の返事で拒絶した。

朝餉は炊き立ての白米に目刺しと大根おろし、若布(わかめ)と青葱(あおねぎ)の味噌汁で、台所が近くにあり、食事が仕度されていることを告げていた。

(すぐに殺す気はないらしい)

この座敷牢に監禁されて何度目か、正睦はそんなことを考え、長い退屈な、新たな一日が始まるのを感じていた。

霧子は辰平と一緒に、江戸の暮らしを始めた神保小路の旧尚武館佐々木道場の

朝が明けるのを見ていた。

すると日向屋敷の台所で朝餉の仕度が始まり、炊煙が上がった。そして、腰に脇差を差した武骨な下士が折敷膳（おしきぜん）に朝餉らしきものを載せて離れ屋に運んでいく姿を、霧子が認めた。

その気配を察したか離れ屋から小姓が独り姿を見せて、下士から膳を受け取った。そして、離れ屋の奥へと消えた。

辰平が、やはりと呟いた。

「まだ分かりません」

と応じた霧子だが、坂崎正睦の朝餉であろうと考えていた。

霧子は観音開きの鉄扉から離れると蔵の一階に下りた。

すでに一階では磐音も平助も弥助も起きていた。だが、利次郎だけが夜具に包まって眠り込んでいた。

弥助と利次郎が見張りを終えて霧子と辰平に交替したのは七つ（午前四時）の刻限だ。

「どうしたな」

「離れ屋に朝餉の膳が一つだけ運ばれ、小姓が膳を受け取りました」

「霧子、どうやら父のおられる場所をわれら突き止めたのではないか」

「若先生、辰平さんもそう考えておられます」

「そなたはどうか」

「日向屋敷に小姓がいるとは思えません」

「意知様の家臣から直参旗本に就いたばかり、家臣とて満足に雇うてはおるまい。小姓が離れ屋にな。だれのための膳か」

磐音の呟きに平助が、

「若先生、決まっちょろうが。若先生の親父様にたい、関前藩の屋敷内に軟禁しちょると思わせるために小姓さんば使うとるとたい。間違いなか、坂崎正睦様はくさ、昔の尚武館の離れ屋におりなさるばい」

と言い切った。

「若先生、わっしもそう思います。ともかく正睦様が無事でおられることだけは確か。今日一日見張って今宵にも屋敷に忍び込みませぬか」

弥助も平助に賛意を示し、

（父上、あと半日ご辛抱くだされ）

と磐音は胸の内で願った。

第五章　照埜の憂い

一

照埜が小梅村に来て四日が過ぎた。

おこんは、照埜が仏間に籠る回数が頻繁になり、その時がだんだん長くなっていることに気付き、正睦の危難を察しているのだと確信した。

むろん照埜は、正睦が関前藩江戸藩邸から拉致され、いずこかへ連れ去られて、生命の危機に瀕していると事細かに承知しているわけではない。

だが、あまりにも関前藩江戸藩邸からなんの連絡もないこと、さらには小梅村の主（あるじ）たる坂崎磐音の姿が見えないこと、その磐音と尚武館坂崎道場の松平辰平ら数人が行動を共にしていることなどから、容易に推測がつくことだ。倅の磐音が父正睦の危難を打開すべく必死に動いているのだと、照埜はすでに察しているのだとおこんは推測していた。

仏間に籠るのは、日に日に増す不安を宥め、なんとか平静を保つためと思われた。

金兵衛はいつもどおりに朝の五つ半（午前九時）時分には姿を見せて、空也を庭に連れ出して遊ぼうとした。すると仏間から姿を見せた照埜が、

「金兵衛どの、空也にはそろそろ手習いの稽古が要りましょう。本日はこの照埜が空也に習字を教えることにいたしました。もちろん、おこんさんには、断ってございますよ」

と告げた。

「えっ、照埜様、空也はまだ四歳ですぜ。遊びたい盛りですよ。本日は尚武館道場に連れていき、朝稽古に加わってさ、体を動かそうとこの金兵衛が道々思案してきたんですがね。字を習うより木刀振り回しているほうが男の子だ、なんぼか面白かろうじゃございませんか」

「剣術は武士の本分です」

「で、ございましょう」

「遊び半分に道場の朝稽古に加わってよいものではありません。それに空也はま

だ体ができておりません」

「棒っきれ持たせてさ、剣術の真似事をさせようってんですがね」

「武芸修行は、この家の主がしかるべき時期に空也に手ずから教えます。門弟衆の邪魔になることをしてはなりませぬ。空也は稀代の剣術家佐々木玲圓様の孫、しっかりとした手順で稽古始めをなすべきです」

金兵衛は照埜の確信のある言葉にたじたじとなった。

「そんなものですかね。遊び剣術はだめか」

金兵衛ががっかりした。

照埜に空也を取られたと思ったからだ。

「金兵衛どのは長屋数軒の差配が務めだそうですね」

「へえ、おこんはもちろんのこと、こちらの婿どのも深川六間堀ってところのさ、うちの長屋で暮らしていたことがございましてね。住人ってのがまた、左官の一家、青物の棒手振り、植木職人一家に水飴売り一家、付け木売りのおくま婆さんとその日暮らしの連中ばかりでございましてね。だれもがうちの長屋に居ついちまってさ、長いんでございますよ。だから、この金兵衛がいなくとも、十日ごとにきちんきちんと店賃は納めてくれるんでございます。照埜様、わしが長屋を空けて小梅村通いしても大事ございませんので」

「金兵衛どののお長屋に一度お邪魔して、磐音が世話になったお礼を皆様に申し述べねばなりませんね」

「ようがす。なんなら、本日これから深川見物に、照埜様と空也を連れて行きますかえ。先日食した宮戸川の鰻の他にも蕎麦(そば)なんぞ、江戸の名物があれこれとございますよ」

「なかなかおもしろき提案にございますね」

「ならばこれから」

なりませぬ、と言下に照埜が応じた。

「金兵衛どののお長屋もまた、この家の主が戻ってこられたあとのことです。本日は空也と金兵衛どのに、関前藩に伝わる高台寺(こうだいじ)流書写の基本をみっちりとお教えいたしますよ」

照埜はすでに昨夜のうちから考えていたとみえて、二組の硯(すずり)と筆に小机まで用意した縁側に金兵衛と空也を連れていって座らせた。

「書は、その人物の気性から人格、見識まですべてを映し出す鏡です。初めて筆を持つ空也には、もちろん私が筆の持ち方から教えます。まずはふだんからお長屋の帳付けなどに筆を使われる金兵衛どのの書をご披露くだされ」

　照埜が金兵衛を睨んだ。

「えっ、照埜様にわっしの字を見せろですって。これでも長屋の差配ですからね、一応の読み書きはできますよ。だけどさ、格別に寺子屋に通ってお師匠さんから書を習ったわけじゃなし、なんとのう見よう見まねで覚えたかなくぎ流だ。なんだか豊後関前藩に伝わるご大層な高台寺流の書写などとは似ても似つかないものと思いますがね」

「ふだん参考になされる手跡はどなたにございます」

「なんですね、その手跡ってのは」

「菅原道真公の歌とか、唐の詩人の」

「ま、待った、照埜様。うちは学問の神様の天神様とは関わりがねえや。この金兵衛が帳付けするのはさ、平井村の肥船が来てさ、長屋の厠の糞尿を何荷汲み取り、いくらいくら銭を払って、さらに大根なんぞを何本くれたとかさ、どっちかというと手跡より臭いがするほうですがね」

「おやおや、江戸では肥が売り買いされますか。ともあれ金兵衛どのの手跡を拝見いたしましょうかな」

照埜が金兵衛の手もとを見詰めた。

「空也、爺を助けてくれねえか。まさかこの歳で恥をかくとは思わなかったぜ。よし、わしも六間堀のどてらの金兵衛だ、死ぬ気でかなくぎ流を披露するぜ」

金兵衛が硯に水を垂らしてごりごりと音を立て、墨を磨り始めた。

「金兵衛どの、書写はすでに墨を磨る動作から作法が始まっております。仇に出遭うたように力をこめて墨を磨ってはなりませぬ。かように音がせぬように、一定の動きで墨を優雅に磨るのです。するとざわついた気持ちが落ち着いて、書写の心構えが自然と備わって参ります」

金兵衛は照埜に教えられたとおりにゆったりとした動作で墨を動かし、

「なんだか字を書く気分じゃねえな」

とぼやいた。そんな様子をおこんが見て、

「照埜様、六十の手習いも悪いものではございませんね」

と照埜に言った。

「学問に歳は関係ございませんよ、おこんさん。三日もすれば金兵衛どのの書に風格が出てきます。そこまでこの坂崎照埜がご指導申し上げます」

とおこんに応じ、金兵衛が、

「えれえことになったぜ」

とぼやいた。

神保小路の松宮家の蔵の中から見張りがさらに続けられ、日向屋敷の常住者や訪問者がすべて告知され、弥助の手で見取り図に書き加えられていった。

関前藩の国家老坂崎正睦が拘禁されていると思われる離れ屋には、小姓が二人詰め、その他に三人の見張りの侍がいた。

この侍は日向家の奉公人ではなく関前藩の鑓兼一派が雇った用心棒と思えた。

坂崎正睦が日向邸の離れ屋にいるやもしれぬという手がかりは、霧子によってもたらされた。

夜の間、離れ屋に詰めていた小姓の二人は別の二人と交代して日向屋敷の表門から外に出てどこかに戻ろうとする様子があった。その二人を霧子が尾行して、駿河台富士見坂上の関前藩邸の家臣ということが判明した。このことによって、日向屋敷の離れ屋の「主（ぬし）」が坂崎正睦である可能性が一段と高まったことになる。

日向屋敷の長屋には七人から八人の剣術家が詰めていることも分かった。これらの者たちは日向鵬齊の家臣だ。

磬音は、それらの中に顔見知りの者を認めた。かつて田沼意次家の剣術指南番であった亡き村瀬圭次郎の実弟宋三郎だ。

日向屋敷の母屋に住み暮らす日向鵬齊と奉公人を除いて、離れ屋の三人と長屋の家来の都合十数人が坂崎正睦の監視にあたる人員と思えた。

これらの面々は、できるだけ人目につかぬよう静かに日向邸に詰め、大騒ぎして酒食をなすこともなかった。それだけに、こたびの坂崎正睦拉致と監禁が、関前藩の江戸家老鑓兼一派と田沼一派の連携を隠す証に思えた。

一夜の見張りから半日が過ぎた刻限、松宮家の蔵の二階に磬音、弥助、平助、霧子に辰平の五人が日向屋敷の見取り図を囲んで座った。

見張りはそのとき、利次郎一人があたっていた。

「若先生、正睦様が日向屋敷の離れ屋におられるというはっきりした証が欲しゅうございますな」

と弥助が言い出した。

当然の考えだった。

「今宵こそ、わっしと霧子が忍び込んで、正睦様がおられるかどうかを確かめます」

「正睦様でないならたい、だれがあそこにおるとやろか」

　平助が別の角度からの疑問を呈した。

「小田様、関前藩の江戸家老鑓兼某がなにを考えているか分かりませんが、このたびの一件、えらく神経を張りつめて行動していることはたしかです。関前藩と日向屋敷を結びつけるものは小姓が詰めていることだけ、鑓兼自身も今のところ日向屋敷に足を運んでくる様子はございません。ひょっとしたら、離れ屋に人がいないことも考えられます」

「弥助さん、なんでくさ、人がおらんち言いなはると。小姓やら用心棒が詰めとろうもん」

「そこです。われらの耳目を少しでも日向邸に引き付ける策かもしれないと考えられませんか。すでにわっしらは関前藩の中屋敷にも下屋敷にも正睦様のお姿がないことを承知していると、敵方も感づいている。そこで鑓兼一派としては、わっしらの注視を日向屋敷に引き付けるように企てた、ということも考えられます。どこか別の場所に正睦様を隠していることを知られぬためにね」

「なんやら、複雑怪奇たいね。西国の人間はたい、思うたことをぱぱっとやりよるばい」

平助が首を捻った。

「鑓兼某は西国生まれではございますまい。出はたしかに紀伊家の分け伊丹ですが、先々代に伊丹の血筋の家の婿養子になり、江戸の貧乏旗本の主になった。その跡を親父様が継ぎ、その次男が伊丹荘次郎だ。安永二年に二百十石の旗本伊丹家の部屋住みが風の吹き具合で関前藩六万石の鑓兼家の婿養子に入り、とんとん拍子に江戸家老にまで取り立てられた。奥方様に上手に取り入るなど、江戸育ちの部屋住みが考えそうなことですよ」

弥助が平助に応じていた。

「そげん人間はわしゃ好かんたい。ばってん、そげん前から田沼様は手下の鑓兼参右衛門を関前藩に潜り込ませていたと。なかなかの老中さんたいね。神さんでん、そう何年も先んことは見えんやろもん」

この言葉には大きな疑問が隠されていた。だが、弥助は平助の西国訛りについ笑い、見過ごした。磐音は平助の疑問は事の真相の中核を捉えていると思いながら言った。

「あらゆることを想定して動かねばなりますまい。日向屋敷に押し入るのは、父があそこに囚われていることがはっきりしてからのことです」

磐音は一度の日向屋敷侵入でけりをつけ、松宮家に迷惑がかからぬ方法で撤退することを思案していた。

そのとき、見張り所の利次郎から磐音らに急が知らされた。

霧子が見張り所から長い麻紐を一階本営へと垂らし、その先端に小さな鈴をつけて、本営の梁からぶら下げたのだ。その鈴がかすかに音を響かせた。

刻限は昼を回った時分だ。

「それがしが参ろう」

磐音が立ち上がると霧子も従い、二階への梯子段を上がり、さらに鉄扉までの高い脚台に上がると利次郎が、

「若先生、珍しき人物がただ今門に姿を見せますぞ」

と言った。

松宮家の蔵二階から神保小路の一角がちらりと見えた。

利次郎はそこに遠眼鏡（とおめがね）の焦点を合わせていたのだろう。遠眼鏡は弥助がどこからか入手してきたものだ。霧子は鉄扉の端に身を寄せて外を見ながら利次郎の言葉に耳を傾けた。

「神保小路に乗り物が入ってきます。弥助様の遠眼鏡でしかと確かめました」

「どなたじゃな」

「過日、小梅村の尚武館道場に江戸起倒流鈴木清兵衛なる人物が訪れましたね、その人物が乗り物に従って神保小路に入ってきました。これで日向屋敷を訪れれば、なかなか面白いと思いませんか、若先生」

「ほう、幕府の御鉄砲御箪笥奉行どのが神保小路にご入来か」

磐音が言うところに乗り物が日向屋敷の門前に止まった様子で、日向屋敷の用人が出迎えた。そして、乗り物はそのまま玄関先に進むと建物の陰になって見えなくなった。

磐音は乗り物に従ってきた七、八人の従者の中に鈴木清兵衛がいることをしかと認めた。

「鈴木清兵衛どのはなんのために来られたのであろうか」

乗り物の主（ぬし）の訪問は日向屋敷に緊張を走らせ、すべての注意が一気にそちらに引き付けられた。離れ屋に人が訪れて、昼番の小姓二人が日向邸の母屋に連れていかれた。なにか接待を手伝わされるのか。

磐音にある考えが浮かんだ。

（陰監察石垣仁五郎が殺されたのは日向邸ではないか）

「若先生、お願いがございます」

「白昼、忍び込むというか」

「はい。ただいま日向屋敷の注意はすべて乗り物の主の接待に向けられております」

霧子の言葉に、磐音は日向屋敷のあちらこちらを観察して、

「許す。あとは弥助どのの指示に従いなされ」

と命じた。

霧子が音もなく見張り台から姿を消し、しばらくすると辰平が上がってきた。

「弥助様と霧子はいなくなりました」

三人は鉄扉の間から離れ屋周辺を注視した。

日中のことだ。二人が日向側に見つけられたとしても磐音たちは助けに入れない。弥助と霧子の二人だけの力と知恵で脱出するしかないのだ。

磐音ら三人は弥助と霧子の気配を日向邸のあちらこちらに探したが、まるで春の陽射しに溶け込んだかのようにどこにも見られなかった。

霧子はそのとき、離れ屋の台所脇(わき)から床下に潜り込んでいた。

霧子は磐音、おこんの若夫婦に仕えて年余を過ごし、離れ屋のことに詳しかった。小姓がいなくなった離れ屋に浪人者の監視方三人がいるとしたら、玄関脇の小部屋のはずだ。このとき霧子はどこからともなく血の臭いを嗅いだ。床下から庭の一角を覗き見ると地面に黒い染みが見えた。拉致された坂崎正睦を尾行した、

(石垣仁五郎が殺された場所ではないか)

霧子は間違いないと確信した。

霧子は玄関には近づくことなく床下を這い、磐音とおこんが寝所として使っていた座敷へと接近していった。すると、独り言のような呟きが聞こえてきた。

「寂寂(せきせき)として、竟(つい)に何をか待たん
朝朝　空しく自ら歸る
芳草を尋ねんと欲して去り
惜しむらくは、故人と違ふ
……………
さあてこの先、なんと続いていたか」

霧子は唐の詩人孟浩然(もうこうねん)が友人の王維(おうい)に寄せた詩を呟く人物が坂崎正睦と悟った。

だが、床上にある人物の他にだれかいないかどうか、しばらく様子を窺うことに

した。長い沈黙のあと、

「當路　誰か相假りん、であったかな。そうそう、
知音は、世に稀なる所
祇だ應に寂寞を守り
還た故園の扉を掩ふべし」

なにか呟きが続いたが霧子には聞き取れなかった。

「坂崎正睦様」

霧子は思い切って床上の人物に声を発した。玄関脇の見張りに聞こえないような伝声法だった。雑賀衆に伝わる忍び技の一つだ。

座敷の人物の動きが硬直したように止まった。

「何者か」

「お声はできるだけ発せられないでくださいまし。私の問いにだけ拳で軽く畳を叩いて、是の場合は一つ、否の場合は二つ叩いてくださいませ。ようございますか」

一つ応答があった。

「坂崎正睦様にございますね」

再び一つ応答があった。

「私は磐音様の配下の者にございます。磐音様も近くにおられます、正睦様、今宵にも救出に参ります」

こつん、と喜びの合図が送られてきて、

「照埜は息災じゃな」

と低声で問い返された。

「照埜様はおこん様方と無事にお暮らしでございます」

「相分かった。わしは座敷牢に閉じ込められておると磐音に伝えよ」

「床は板張りにございますか」

「周りと天井は格子柱じゃが、床は畳だ」

床上から微かに洩れる正睦の返答に霧子が根太(ねだ)を調べ、床板をこつこつと軽く叩いて厚さを確かめ、

「これよりしばし音を立てます。たれぞ座敷牢に近付いたときは合図をしてくださいませ」

こつん、と音が戻ってきた。

霧子は持参した火縄を脂松(やにまつ)の小割に移して小さな灯りを灯した。霧子の体に隠

された灯りは外からは見えなかった。

根太と床板を調べた。

その結果、二本の根太を忍び鋸で挽き切り、床板と畳を押し上げれば、正睦一人を座敷牢から床下に移すことができると分かった。

霧子は忍び鋸をゆっくり使い始めると、正睦が詩吟を唸り始めた。根太二本を挽き切るのに四半刻を要した。これで下拵えは終わった。

「今宵、救出に参ります」

その言葉に一つ力強い応答があって、霧子はその場を抜け出した。

二

松宮家の蔵に潜む磐音、平助、辰平、そして利次郎の四人にとって、霧子からの知らせは喜びと望みをもたらした。そして、石垣仁五郎の殺された場所が旧尚武館佐々木道場であったことに、磐音以外の三人は驚きを隠せなかった。一方、磐音は漠と考えていたことが当たったたと思った。

「よし、今宵は古巣の尚武館でひと暴れするぞ」

「利次郎、今宵の眼目を考えよ。なにより坂崎正睦様の御身を無事に奪い返すことだ」

利次郎の興奮を辰平が諫めた。

「霧子、弥助どのはどうなされた」

「私が離れ屋の床下に潜り込むのを助けて、離れ屋の用心棒浪人の動きを牽制しておられました。正睦様があまりにも大人しい囚われ人ゆえ油断したか、三人して酒こそ飲んではおりませぬが、持ち込んだ花札賭博に夢中であったとか。師匠は、なんの働きもしておらぬゆえ、ついでに日向屋敷の訪問者の正体を確かめてくると申されて」

「なに、日向邸に独り残られたか」

「私にはまず、正睦様が無事に離れ屋におられることを若先生に告げよと命じられました。その上で、無理は決してせぬ、と言い残され、佐々木家の母屋があった敷地の東側から日向屋敷の床下に潜り込んでいかれました」

「弥助どのゆえ、成算あってのことと思う」

という磐音の言葉に霧子が、

「若先生、私は日向屋敷に戻り、師匠の探索を手助けします」

と引き返す様子を見せた。

「霧子、われらは万が一の場合に備えてこちらで待機していよう。日向屋敷は日中ということで、つい警戒を解いておるのやもしれぬ。弥助どのは老練な密偵ゆえ無理はなさるまい。それより見張りを怠らぬようにいたそうか」

磐音が引き止めるのへ、霧子が、

「ならば、私は日向邸への侵入口に待機して、なんぞあればいつでも師匠の手助けができるように備えます」

「霧子、それがしもそなたの持ち場につく」

辰平が霧子に従い、弥助の戻りを補助することにした。利次郎は鉄扉の見張り所に戻った。

蔵一階の本営に残ったのは磐音と平助だ。

「若先生、親父様が無事でよかったばい、祝着至極のこったい。あとは夜を待つだけたいね」

「座敷牢じゃが、霧子が父を連れ出す細工は整えたというし、そう時間はかかるまい」

「弥助さんが戻ってきたらくさ、床板と畳を外す道具が要るかどうか相談いたしまっしょたい。まあ、忍びは弥助さんと霧子姉さんの十八番たいね。棒振り風情(ふぜい)が案ずることもなかばってん」

平助の言葉にいつもの明るさと力強さが戻っていた。

「弥助さん、早う戻らんやろか。夜になったら日向邸の一党にくさ、泡を吹かせてみせちゃるたい」

「平助どの、今宵は父を奪還することが唯一の狙いにございます」

磐音は平助の張り切りようを制した。

「分かっちょるばってん、こんどばっかりはくさ、腹が立ってどもならんたい」

「今宵、父を奪還したならば、次なる山場が待ち受けております」

「ほう、なんかあったやろか」

「明和三丸の海産物の荷下ろしは本日で終わり、明朝から長崎口の品の荷下ろしが始まります。阿片が下ろされるとしたら、その際でございましょう」

「おお、そうやったそうやった。豊後関前の悪どもを根絶やしにする大戦(おおいくさ)が待っちょったばい」

磐音は南町奉行所筆頭与力笹塚孫一(ささづかまごいち)に事前に伝えておく要があるなと頭に刻み込んだ。

日向邸を訪れた謎の人物はなかなか辞去しようとはしなかった。そのためか弥助も戻ってこなかった。

だが、日向邸に騒ぎが起こった様子はなく、訪問者が姿を見せたときの緊張感は刻が経つにつれ、いつもの静けさへと変わっていった。

再び見張り所の利次郎から鈴の合図が階下の本営にあったのは八つ半（午後三時）の頃合いか。

平助が素早く見張り所に上がった。

磐音はその場に残った。鈴の音が切迫した響きを見せなかったからだ。しばらくすると平助が戻ってきて、

「乗り物の主が戻っていったと。弥助さんがくさ、あん乗り物の後をつけていくことにならんやろか」

弥助のその後の行動を小田平助が案じた。

「もしそうならば霧子に連絡を残していきましょう」

見張り所の鈴が三度鳴った。

「うーむ」

平助が蔵に持ち込んだ槍折れに手を伸ばそうとした。そこへ霧子、辰平、そし

て弥助の三人が戻ってきた。

「弥助さんのこったい、日中ばってん案じとったと。あちらの首尾はどげんでしたと」

安堵した平助が弥助を迎えた。

「小田様、人というものは面白いものですよ。真っ昼間のせいか、つい気を抜いてしまうものですな。それに主の日向鵬齊から用人までが客の接待に注意を向けて、ぴりぴりと神経を遣うものですから、奉公人もまた客のことばかり注視して、こっちにはまるで目が向きませんので」

と弥助が平然と笑った。

御庭番として数々の修羅場を潜ってきた弥助には、日向屋敷への潜り込みなど朝飯前であったか。

利次郎も見張り所から下りてきた。すでに正睦の居場所が確かめられている、ゆえに見張りを怠ったのだ。それを見た霧子が、すうっ、と利次郎の代わりに見張りの役に就いた。

報告いたします、と弥助が霧子の行動に向けていた視線を磐音に移した。

「訪問者は日向邸を緊張させる人物ということにござるな」

「いかにもさようでした。ゆえに警戒が厳しく、客の話し声をじかに聞くことのできる床下まで近付くことさえできませんでした。お忍びを装った一行の警護の人数は少のうございますが、鈴木清兵衛様らが屋敷内外の動きに鋭い目を光らせておりました」

「江戸起倒流の鈴木清兵衛どのを警護につけることができる人物とは、木挽町の主どのにございますか」

「へえ、奏者番田沼意知様の来駕にございますよ」

「日向鵬齊は田沼意知様の家臣であった人物ですが、その日向邸には豊後関前藩の国家老が囚われの身、となると、ただの儀礼の訪問ではございますまい」

「若先生、田沼意知様と日向鵬齊の話をじかに聞ければよかったのですが、返す返すも残念です」

「いえ、父が拘禁されている日向邸を奏者番田沼意知様が訪問したことに重要な意味がございます。それが確かめられただけでも手柄です」

「へえ、慌ただしく接待に動く用人が家臣にあれこれと命ずる話の断片から、正睦様を今宵にも余所に移すための話し合いであったかと推量されました」

「なんとか間に合いました。われらが日向邸を突き止めぬうちに別の場所に父が移されたとなると、奪い返すことがさらに先送りになりました」

鈴の音が鳴った。

はっ、と気付いた利次郎がすぐに見張り所に上がっていった。そして、利次郎に代わって霧子が本営に下りてきて、

「関前藩の小姓二人が離れ屋に戻ってきました」

と報告した。

「あ、それそれ。日向邸の台所で小姓二人がぼそぼそと、『なぜ、私どもがこの屋敷の客の接待を務めねばならぬ』と不満を洩らしておりましたよ。接待の相手が老中田沼意次様の嫡子にして奏者番と承知したら、仰天したでしょうな」

と弥助が苦笑いした。

「弥助どの、父がいつ余所に運ばれるか分からぬゆえ、夜半まで待つわけにはいきますまい。日が落ちると同時に忍び込んで父の奪還を図りたいがどうか」

「夕餉時分はどこの屋敷もざわざわとするものです。日向邸は、直参旗本として立家して間もないために奉公人の数も不揃い、ましてや、お長屋に用心棒、離れ屋に正睦様を抱えているとあっては、台所はてんてこ舞いに間違いございませんや。その隙に忍び込み、正睦様をお救いいたしましょうか」

弥助が磐音の提案に賛意を示して言った。

「師匠、床下の根太はすぐに抜けるようにしてございます。あとは床板をどう外すか」

「それはこの松浦（まつうら）弥助に任せておけ。霧子ばかりに働かせてはすまぬでな」

「若先生、畳を剝（は）がして、正睦様を床下から表にお出しするのが無難な方法かと思いますが、それでよろしゅうございますか」

霧子が脱出方法を尋ねた。

「豊後関前藩の国家老様に床下からの逃亡はいささか気の毒でございますが、日向邸のお長屋の連中に気付かれぬためにも致し方ない策かと思います」

弥助が磐音に願った。

「非常時ゆえ、致し方ございますまい。無事に小梅村にお連れした後、お詫び申します」

磐音が正睦の逃走経路を承知した。

「ならば床下にはわっしと霧子が潜り込み、正睦様の身柄をまず確保いたします」

首肯して同意した磐音が、

「離れ屋には用心棒侍三人と関前藩の小姓二人が詰めているのですな。こちらの始末は小田平助どのの助勢を願い、それがしも同道します」

「若先生、日向邸はわれらの故郷にも等しい尚武館跡地にございます。地の利はこちらにございますぞ」

　と辰平も張り切り、

「それがしと利次郎の役目はなんでございますな」

「お長屋に詰める日向家の村瀬宋三郎らが気付いたとき、利次郎どのとそなたでしばし時を稼いでもらいたい。戦場で大事な殿軍(でんぐん)の役目じゃ」

「畏まりました」

　と辰平が承知して役割が決まった。

「忍び込む刻限は夕餉の最中、脱出は小姓が父上の膳を下げた直後ではどうか」

　磐音の提案に弥助が応じ、

「霧子、神保小路を抜けた後、一橋通を神田川に走る。猪牙舟を水道橋下に着けておけ」

「承知しました」

　霧子が師匠に答えて手順が決まった。あとは行動の刻限を待つだけだ。

暮れ六つ半（午後七時）、磐音らは松宮屋敷の蔵を出た。蔵の中をすべて清掃し、夜具を畳んで、磐音が松宮家の主に宛てた礼状を残した。

まず松宮邸と日向邸の間の築地塀（ついじべい）を弥助と霧子が軽々と越えて姿を消し、続いて磐音と小田平助が乗り越え、塀越しに木刀や槍折れが投げ渡されて、最後に辰平と利次郎が姿を見せた。

日向邸からの脱出口は東北側の勝手口と決めてあった。

磐音、辰平が木刀を携え、平助と利次郎が槍折れを手にした。

正睦を奪還することが目的だ。相手にはできるだけ怪我（けが）を負わせないことが磐音から三人に命じられていた。

「参ろうか」

磐音の一声で救出作戦が開始された。

辰平と利次郎は離れ屋に回り込んで、長屋門が望める植え込みの陰に隠れて、配置に着いた。

そのとき、弥助と霧子はすでに正睦が監禁された座敷牢の真下の床下にあって、脂松の小割を何本か地面に立てて、火縄で火をつけ、光が外に洩れないように黒い布を床下に巡らし終えていた。

「坂崎様、なんぞ他に御用がございますか」

小姓の一人が正睦に尋ねる声がした。

「囚われ人に用があるはずもない。そなたら、だれの命で国家老の坂崎正睦を座敷牢に押し込め、その見張り方を務めておるな」

「そればかりはお許しくださりませ」

「静かに胸に手を当てて考えてみよ。藩主実高様は関前におわす。その隙に江戸でかような無法が罷り通ってよいものか」

「敏春、話をなすことをわれら許されておらぬ。下がるぞ」

もう一人の小姓が咎め、二人の小姓が下がった気配があった。

「小姓はおらぬし、わしゃ一人、寝るには早いし、はて、どうするか。思い出すままに詩吟でも唸るか」

正睦の声に床下の弥助と霧子が動き始めた。

根太と床板の間に忍びが使う鉄梃棒を差し込み、床板を少しずつ緩めていった。

その作業が始まると正睦の詩吟が聞こえてきた。

「豆を煮るに豆萁を燃やせば

豆は釜の中に在りて泣く
本是れ同根に生ぜしに
相い煎ること何ぞ太だ急なる」

正睦のうろ覚えの漢詩を聞きながら、弥助と霧子は瞬く間に床板二枚を緩めた。

弥助が四つん這いになり背中で持ち上げると床板が浮いた。それに霧子が呼応して、師弟は無言のまま、

「一、二、三」

と唱えたつもりで気持ちを合わせ、一気に畳ごと持ち上げた。

座敷牢に音が響き、弥助と霧子が立ち上がると、着流しの正睦が二人を、

「ほうほう、援軍床下より来たりしか」

と笑みの顔で見た。

「正睦様、お迎えに参りました」

弥助が正睦のかたわらに走り、手を取ると霧子に渡した。

「ささっ、腰を屈めてくださいませ」

と霧子に言われた正睦が、

「こうか」

と床下にそろりと足を下ろした。

そのとき、小姓二人が異変に気付いて、座敷牢の間の敷居に姿を見せて、

「国家老様が逃げられる！」

と一人が叫び、もう一人が、

「これ、警護の者、早うこちらへ」

と用心棒につけられた三人の剣術家を呼ばわった。

「何事か」

おっとり刀で駆け付けた三人が座敷牢内に立つ弥助を見て、

「おのれ、狼藉者が」

と刀を抜かんとしたとき、背後から声がかかった。

「ほれほれ、あんた方の相手はこのおいぼれ爺たい」

小田平助の声に慌てて振り向いた三人の浪人の鳩尾に、目にも留まらぬ速さで槍折れの先端が突き出され、手繰られ、また突き出され、と三度繰り返されたとき、三人はくたくたと崩れ落ちていた。

一瞬の早業だ。

「小姓さんや、座敷牢の扉を開けてくれねえか」

弥助の命に二人の小姓が顔を見合わせた。このとき正睦の姿は床下に消えていた。

「もはや国家老様はいないんだぜ。こんどはさ、おまえさん方がこの座敷牢で一夜を明かすことになる。そいつがさ、命が助かるただ一つの途（みち）だぜ」

小姓二人が迷った。

「弥助どのの忠言を聞かれることじゃ」

と新たな声がして小姓の前に磐音が立った。

「ああ」

と一人が悲鳴を上げた。

「それがしがだれであるか、そなたらは承知じゃな」

「はっ、はい」

二人ががくがくと頷いた。

「そなたらが忠義を尽くすはただご一人（いちにん）、藩主福坂実高様である。そのことを努々（ゆめゆめ）忘れてはならぬ」

「はっ」

一人の小姓が座敷牢の錠を震える手で開いた。弥助が持ち上げられた畳と床板

をかたちばかり元に戻して、座敷牢を出てくると、

「ほうれ、おまえさん方が入る番だ」

と交替を迫った。

「小姓さんや、正睦様の大小、持ち物はどこにあるんだえ」

「われらが見た折りには着たきりのあの形にございました」

座敷牢に入った小姓が答えた。

「ということは、豊後関前の駿河台藩邸のどなたかのもとに正睦様の持ち物はあるというわけだ」

弥助の問いに二人の小姓が首肯した。

「父坂崎正睦の身柄、倅の磐音が頂戴したと、そなたらにかような命を授けた者に伝えよ。こたびの所行、坂崎磐音、決して許しはせぬともな」

その声を最後に、弥助、平助を従えた磐音は懐かしい佐々木家の離れ屋を後にした。

四半刻後、男たちを乗せた猪牙舟がゆっくりと神田川を下っていった。

船頭は利次郎だ。坂崎正睦を救出した磐音一行だが、その中に弥助と霧子の姿

はない。

「父上、お怪我は」

「あるものか。船旅の続きの如く、座敷牢に何日か押し込められていただけじゃからな」

と答えた正睦の口から、

「豆を煮るに豆萁を燃やせば
豆は釜の中に在りて泣く」

と低声の詩吟が流れてきた。

三

神田川が大川と合流する柳橋の船宿川清で猪牙舟から一人が下りた。

磐音だ。

「父を頼む」

と磐音が小田平助、松平辰平、重富利次郎の三人に願った。

「なに、磐音、久しぶりに父と会うたというに、どこぞへ出かけるか」

「申し訳なく存じます。父上は母上やおこんの待つ尚武館坂崎道場まで三人が送って参ります。尚武館ならば関前藩内で阿片の抜け荷など不正を働く一味もそうそう容易には手が出せませぬ。住み込み門弟衆もおりますし、今宵は富田天信正(とだてんしんしょう)流槍折れの達人小田平助どのらが加わり、警護につきます」

磐音の言葉に大顔の平助がぺこりと頭を下げた。

「ほう、この御仁が槍折れの達人か」

正睦が平助を見た。

「父上、小田平助どのが私どもの仲間に加わり、どれほど助けられたことか。小田平助どのは今や尚武館坂崎道場の客分にしてもう一人の指導者にございます。敵方にとってこれほど恐ろしいお方はございません」

「最前、牢の中から早業をちらりと見た。形(なり)は小さいが技は本物じゃな」

「豊後関前の国家老さんにたい、褒められるほどの芸じゃなか。尚武館坂崎道場に世話になるただの流れ者の爺ばい。正睦様、わしゃ、磐音様に拾われた人間ですもん。今宵はしっかりと正睦様の身ば辰平さんや利次郎さん方と守ります。安心しちょってくさ、よかたい。なによりくさ、照埜様もおこんさんも首を長(なご)うしてお待ちですばい」

「小田平助どの、造作をかける」

正睦が頭を下げ、平助が、

「六万石の国家老さんに頭を下げられたら、どもならん」

と小さな身をさらに小さくして畏まった。

「ふっふっふ、面白き御仁かな」

と応じた正睦が、

「磐音、そなた、すべてを承知で動いておるのであろうな」

「父上が江戸藩邸から姿を消されてより、あれこれと多くのことが起こりました。それがし、中居半蔵様や纐纈茂左衛門どのと密に連絡を取り合い動いております。この短い間にすべての報告はできません。ただ一つだけ父上に申し上げたきことがございます。父上が敵方の手に落ちた夜、陰監察の石垣仁五郎どのが背から心臓を突き通すほどの突きを受けて殺され、その亡骸が行人坂の中屋敷外に放置されて見つかりました」

「なんと石垣が殺されたか」

「石垣どのはただひとり、父上の拉致に気付き、屋敷の外に連れ出されたのを尾行して、二年ほど前、正徳丸で殺された物産方南野敏雄どのを殺害したのと同じ人物によって始末されたと思えます。それも父上が監禁されていた神保小路の旧尚武館佐々木道場の敷地内でございました」

「な、なんと。ということは、そなた、関前藩内で蠢く腹黒い一味の頭目が、だれか承知なのじゃな」

「お代の方様の寵愛をよいことに、江戸藩邸、関前藩、長崎の藩屋敷、さらには藩の所蔵船に網を張り巡らせた江戸家老鑓兼参右衛門様ではございませぬか」

「磐音、関前におって江戸藩邸の動きを見落とした坂崎正睦の罪は大きい。この騒ぎ、なんとか終息させて、殿に隠居を申し出る」

「こたびの騒動、易々とは決着がつきますまい」

「磐音、いかにもさようじゃ。それがしが一命を賭して江戸に密行してきたほどの大事。肚を据えて、事の解決に当たらねばならぬが、さあて、どれほどの月日を要するか。旧藩の一件に関わりを持った以上、そなたも覚悟せえ」

　磐音は首肯した。

　藩主福坂実高は参勤下番（かばん）で関前にあった。そのような状況下、江戸藩邸、関前城下、藩所蔵船、さらには磐音が知らぬ長崎の藩屋敷にまたがる話だ。正睦が言うように、解決にはそれなりの月日を要する。だが、その前に事が幕府に露呈すれば、関前藩六万石の存続が危ぶまれ、監督不行き届きとして実高に切腹が申し渡されることも考えられた。なんとしても迅速にして隠密裏に解決する要があった。

「父上の隠居話は、敵方を一掃した後で考えられる話にございます。ただ今は母上、おこん、空也と睦月のもとでゆっくりとお休みくだされ」

「睦月とは二番目の子か」

「はい、正月に生まれた娘にございます」

「この腕に抱くことができるのじゃな」

「半刻もせぬうちに」

「磐音、そなたの力をまた借りることになった。相すまぬと思うておる」

「それがし、坂崎家を出た人間にございます。されど父はただ一人（いちにん）、坂崎正睦にございます」

「頼む」

正睦が短く願った。

磐音は父に首肯すると利次郎に合図して、猪牙舟が船宿川清の船着場を離れた。

正睦が乗る舟が離れて間もなく、船宿川清に入った磐音のもとに弥助が姿を見せて報告した。

「中居半蔵様にお会いしまして、正睦様の無事奪還をお知らせいたしました」

「なんぞ申されたか」

「明和三丸の荷下ろしは、長崎口の品を除いてすべて済んだとのことにございます。いまも船には市橋主船頭以下が乗り組んでおられます。ですが、明朝未明には江戸家老鑓兼様とその一派が交替に明和三丸に乗り込むそうで、すでに仕度を整えておるそうです」

「われらが父を奪い返したことで、相手方の動きは変わらぬか」

「そこです。中居様も、正睦様を奪還されたとなると敵方ものんびりと明日を待ってておれまい。今宵にも鑓兼一派が動くやもしれぬと危惧しておられました」

「それがしの言葉、伝えてもろうたな」

「鑓兼一派の動きに惑わされず、江戸藩邸を平静に固めるようにとのお言葉は伝えました」

「ならば、こちらも相手が動く前に明和三丸に乗り込もうか」

　磐音と弥助は川清の船頭小吉の猪牙舟に乗り込むと、佃島沖に停泊する豊後関前藩の新造船明和三丸に急行することになった。

その刻限、霧子は八丁堀にあって、南町奉行所定廻り同心木下一郎太に同道し、南町の知恵袋とまた一段と世評が高まった筆頭与力笹塚孫一を訪ね、この数日に起こっていたことと神保小路の旗本日向邸に囚われていた坂崎正睦の身柄を無事に奪還したことを伝えると同時に、磐音が旗本松宮多聞家の蔵の中で認めた書状を渡した。

笹塚は磐音の書状を熟読すると、しばし瞑想し、

「西国大名関前藩に巣食う悪一味を江戸町奉行所が表立って捕縛できるわけもなし、尚武館の若先生、このわしをなんと思うて使い走りに使いおるぞ」

「笹塚様と坂崎磐音様とは十年以上前より、肝胆相照らす間柄でございましょう。われら、御用船に乗り、佃島辺りから明和三丸周辺の動きを見張ればよいことではございませんか。ささっ、笹塚様、お出張りですぞ」

と一郎太が急かした。

「そのほう、いつから上役たる笹塚孫一に指図する身分になった。ただ軽々しく動いてよいものではないわ」

「いえ、これは一刻を争う話にございます。大量の阿片が江戸に流れ込んでよいのですか」

「そのようなことが分からいでか。阿片一味の始末は尚武館の若先生と門弟に任すとして、笹塚孫一が出張る以上、それなりの利がなければならぬ。なんとしても南町奉行所の探索費になんらかの金子を捻り出さねばなるまい。とはいえ、阿片を町奉行所の与力同心が猫糞して売り歩くわけにもいくまいが」

「笹塚様、こたびの一件でも利を得ようと画策されておられますので」

「おう、いかにもさようじゃ。一郎太、人が動くということがどういうものか、そなたは未だ分かっておらぬな」

笹塚の強欲に一郎太が呆れて口をあんぐりと開けたとき、霧子が南町奉行所の知恵袋の耳に囁いた。

「なに、阿片は痛み止めとして医学治療に使われると申すか。ふんふん、蘭医は長崎から治療薬の名目で高く買い入れておるか。それならば押収した阿片の一部をじゃ、世のため人のために南町奉行所が桂川家や杉田玄白どの方に売却してもよかろうな。いや、幕府の薬事方で一括して買うてくれぬかのう」

「笹塚様、それもこれも事が解決してからの話にございますぞ」

「よし、一郎太、御用船三隻に同心小者、御用聞きを乗せて、できるだけ仰々しく佃島に繰り出すぞ」

ようやく笹塚孫一の胸中で成竹（せいちく）がなったか、出張りの命が下った。

そのとき磐音は、二年近く前、藩所蔵船正徳丸に乗り合わせていた六人の士分のうちの一人、明神明夫と明和三丸の船室で対面していた。

「明神どの、坂崎磐音と申す」

「磐音様、それがし、お名前はとくと承知にございます。ただ今は関前藩を離れておられますが、藩主実高様の信頼厚きお方、お父上は国家老坂崎正睦様にございます。御用ならばなんなりとお尋ねくだされ」

と明神が磐音に言った。

三十二、三か。頬が削（そ）げた顔立ちながら挙動も平静を保ち、思慮深い人柄と見受けられた。

「こたびの新造船の江戸入りに、予期せぬ人物が同船していたことを承知でござろうな」

「国家老坂崎正睦様と奥方様」

「やはり」

「かようなことは、なんとなく洩れ伝わってくるものでございます」

「佃島沖に明和三丸が碇を下ろした次の日、わが父と母、それに纐纈茂左衛門どのがそれぞれ密かに下船された」

「おや、纐纈どのも乗船しておられましたか。この新造船、奇怪な初の船旅をなしたもので」

「その口ぶりは、まだだれぞ乗船していたようにも聞こえるが」

「坂崎様はそのために明和三丸を再訪なされたのではございませんか」

「それも一つ」

前置きした磐音は、正睦が江戸藩邸で拉致され、最前磐音らの手で奪い返した経緯を告げた。

「なんと、関前藩の中興の祖たる国家老様を無体に拉致する者どもが江戸藩邸に巣食うておりますか」

「そなたはご存じないか」

「それがし、二年ほど前、関前に戻って以来、江戸の事情は承知しておりません」

明神明夫が答えた。

「そなたがそのときに帰国した船で騒ぎがござったな」

「物産方の南野敏雄どのが刺殺されました」

頷いた磐音は、石垣仁五郎が殺され、目黒行人坂の関前藩中屋敷の塀外で骸が見付かったことを告げた。

「なんということが」

「石垣どのの突き傷は南野どののものと瓜二つ、と纐纈どのが証言してくれた」

「あの者が再び動いた」

と呟いて考えていた明神が、

「まさか坂崎様は、それがしを疑うておられるのではございますまいな」

「正徳丸に乗り合わせた士分のうち、今江戸にあるのはそなたと内藤朔次郎どのの二人だけ」

「内藤様にはお会いになりましたか」

「会うた」

「どのように感じられましたか」

「内藤どのから、そなたが一子相伝の武芸とか舞楽とかの伝承者と聞かされた」

磐音は明神の問いには答えずはぐらかした。すると明神が笑って、

「いかにもわが家には関前神社の祭礼の折りに奏する篠笛(しのぶえ)の秘曲が伝えられてお

りますが、篠笛では人ふたり、殺せますまい」

「明神どの、そなた、それがしが過日この明和三丸を訪ねたことを承知じゃな」

「主船頭と何事か話していかれましたな。それがし、荷下ろしを監督しながら坂崎様のご来訪を見ておりました」

「あの折り、それがし、艫船倉に忍び込んだ。そこで背後から恐ろしい殺気が迫ってきた。なんとか躱すことができたが、あの者こそ、南野どのと石垣どのを背後から一突きで刺殺した者と確信しておる」

明神明夫が考え込んだ。長い沈思だった。

「坂崎様、石垣どのを殺し、そして、坂崎様を襲う余地があった藩士を探せば確かにそれがしに行きつきましょう。ですが、それがしには石垣仁五郎どのを関前藩の中屋敷外で殺すことは無理にございます。佃島沖に停泊した船から一歩たりとも外に出ておりませぬ。いえ、私ばかりではございません、国家老様、奥方様、纐纈どのを除いて全員が船を離れておりませぬ。それはともに暮らす面々が明らかにしてくれましょう」

磐音は明神の返答を素直に受け止めた。

「坂崎磐音様を殺そうと考えた藩士がいるとしたら、この明和三丸に関前から乗り組んだ者とは考えられません。国家老様、奥方様、纐纈どのの他に関前から同船してきた者に、そのような者がいるとは思えませぬ」

明神はなにか確信があるように言い切った。

磐音は明和三丸から父と母と纐纈が密かに下船したのとは反対に、碇を下ろした明和三丸に潜り込んできた人間がいたかどうかを考えていた。

磐音と弥助は、艫船倉に潜んでいた。むろん主船頭の市橋太平の手引きでだ。

二人の前にランタンが小さな灯りを投げていた。

刻限は四つ半（午後十一時）を大きく回っていた。

「霧子は笹塚様方を引き出してきましたかね」

「笹塚様に飴をしゃぶらせるよう霧子に申し付けたで、必ずや明和三丸を見張っておいでのことと思う」

弥助が艫船倉を見回し、

「下層甲板の艫船倉の荷も含めますと、わっしが考えていた以上の品を積み込んでございますな。江戸で売り払えばどれほどの利が出るのか」

「長崎での仕入れ値にもよろうが、利幅がよきものばかりを追い求めると、ついには阿片商いに辿り着く。われらが藩物産事業を考えたのは、領内でなかなか換金できぬ海産物や農作物を最大の消費地にて売ろうとしただけの話であった。海産物や農作物には領民の汗と労力の丹誠（たんせい）がある。一方、長崎口にて高値で仕入れた砂糖を江戸で売ればさらによき利が得られよう。ことは明快だが、そこにあるものは商人が求めるただの取引きじゃ。それでは関前藩のためにはならぬように思える」

「若先生は、この荷の中に阿片が隠されていると考えておられるのですね」

「そのために父が江戸に出て参られ、それを恐れた江戸家老の鑓兼一派が父を捕らえた。長崎会所から買い入れた南蛮荷や唐人荷を江戸に運んだだけならば、だれも父の行動を恐れたりすまい。最前それがしが話した商いをはるかに超えた不正が行われているとしか思えぬ」

「いったん拉致した正睦様を奪い返されたのです。早々に船から阿片を運び下ろすことが考えられますな」

「明和三丸には主船頭の市橋太平どの以下、二十数人が乗り組んでおられる。この中に江戸家老の息がかかった者が二人や三人紛れ込んでおるやもしれぬ。だが、市橋どの方の目は誤魔化せぬ。さあて、どうやってこの荷に隠されておる阿片を運び出すか」

船内に増上寺の切通しの時鐘が九つ（夜十二時）を告げて響いてきた。

だが、磐音と弥助を除いて、市橋太平らは連日の荷下ろし作業に疲れきって眠りに就いていた。

うむ、と弥助が言って、

「ちょいと見回ってきます」

と立ち上がった。

「弥助どの、どこにどうだれが潜んでおるか分からぬ船内じゃ。二人を刺殺した遣い手にだけは注意してくだされ」

「へえ、命あってのものだねにございますからな」

と言い残して弥助は闇に身を溶け込ませた。

ゆっくりとした時間が流れていく。

磐音は包平を膝に置き、目を瞑った。このところ満足に睡眠をとる暇がなかった。磐音はたちまち寝息をたてて眠りに落ちた。

小梅村の坂崎家では、眠り込む空也と睦月の顔を正睦が飽きることなく見詰めていた。

屋敷の外では辰平ら見回り隊が白山を連れて巡回していた。

「正睦様、お休みになったらいかがにございましょう。船ではゆっくりと眠ることがおできにならなかったでしょうに」

おこんが正睦に声をかけた。

「おこん、この歳になるとな、眠っているのか起きているのか判然とせぬでな。寝足りたということもなし、寝足りぬということもなし」

「おまえ様、ですから国家老は昼行灯とお城でも城下でも噂されるのですよ」

照埜が笑みをたたえて言ったものだ。

一刻半も前のことだ。

小田平助、松平辰平、それに重富利次郎に伴われた正睦が小梅村の今津屋御寮の玄関から突然、

「孫の顔を見に参った」

という声とともに座敷に上がってきた。

その瞬間、今津屋の御寮の時が凍りついたように停止した。しばらくして我に返った照埜が、

「おまえ様！　大丈夫ですか」

と驚きの声を上げて尋ねたが、

「これ、照埜、そう騒ぐでない」

と平然とした顔で応じたものだ。

正睦はいつものようにお城下がりをして自分の屋敷に戻ってきたような、昼行灯様の顔付きだった。

おこんらが言葉もなく、茫然と正睦を見詰めていると、

「これ、おこん、わしの孫たちはどこにおるな」

と尋ねたものだ。

おこんが慌てて空也と睦月の眠る寝間に正睦を案内した。

そのとき以来、照埜がなにを話しかけても、おこんが体の加減を尋ねても、生返事しか返ってこず、ひたすら空也と睦月の寝顔を見続けていた。

「照埜様、今宵は正睦様の寝床を空也と睦月の間に敷き延べましょう」

「それがいいですね。こちらの心配などまるで馬耳東風です。私どもはあちらの部屋で休みましょう」

「すべては明日にいたしましょうか」

女二人が諦めた声で言い、隣部屋に姿を消した。それでも、正睦は有明(ありあけ)行灯の灯りでいつまでも二人の孫の寝顔を見詰めていた。

四

磐音は人の気配に目を覚ました。意識を素早く回復させると、明和三丸の艫船倉に路地を吹き抜ける微風のようにするりと侵入してきた者がいた。

磐音は警戒を解くと首をぐるぐると回した。その気配に、異国から長崎にもたらされた品の間をすり抜けた霧子が磐音のもとに姿を見せた。

弥助は最前からどこかに潜んだままだ。船内で騒ぎがないところを見ると、怪しい人物を発見できなかったと考えられた。

「ご苦労じゃな」

「笹塚孫一様方、南町の三隻の御用船が、佃島に密かに配置についておられます」

と報告した。

「他に明和三丸に関心を寄せる者は見当たらぬか」

「夜釣りを装った船が海辺新田(うみべしんでん)におります。遠目に二丁櫓の早船に早変わりしそうな様子から見て、いささか怪しげでございます」

「一艘(そう)だけか」

「いえ、仲間の船と思えるものがもう一艘、離れた寄洲(よりす)におります。二艘合わせて、船頭を除いて六、七人でしょうか」

「そやつらが動くとしたら、八つ（午前二時）時分かのう」

磐音の呟きに霧子が頷いたが、

「師匠は」

とは尋ねなかった。

霧子は弥助がこの艫船倉のどこかに隠れていることを感じとっているのだ。

「若先生、私は上層甲板にて釣り船の動きを見張ります」

霧子は磐音に小さな鈴を手渡して消えた。その鈴には細引きが結ばれており、上層甲板の見張り所へと延びているはずだ。

明和三丸に侵入者が現れたとき、霧子が細引きを引っ張れば、磐音の手の鈴が小さな音を立ててそれを告げてくれるのだ。

霧子は、神保小路の松宮多聞屋敷の蔵で使った連絡(つなぎ)の道具を明和三丸にも持ち込んでいた。

「はて、今宵のうちにやってくるかどうか」

未明になれば、豊後関前藩の江戸家老鑓兼参右衛門が、自ら指揮する藩士らとともに乗り込んできて、長崎口の荷を下ろすことになっていた。

白日のもとで行う荷下ろしには当然、坂崎正睦を奪還した磐音とその仲間や、中居半蔵らが目を光らせる。

となれば鑓兼一派は長崎会所から買い入れた異国の品を藩物産所に運び込むしか手はない。阿片をその中の品に紛れ込ませ、藩邸に運び入れるのは危険だった。

磐音は、阿片を藩邸に持ち込む愚は、いくらなんでも江戸家老の鑓兼も冒すまいと考えた。となれば、今宵、危険を冒してでも阿片だけを密かに運び出すのではないか。その確率は、

「五分五分」

と磐音は鑓兼参右衛門の気持ちを読んだ。鑓兼は阿片を運び込む隠れ家を必ず用意しているはずだ。

ともあれ今宵のうちに明和三丸に鑓兼一味が忍んでくるとすれば、鑓兼は正体を見せることになる。

磐音は闇の中で包平を手にして待った。愛刀の鍔には細引きが絡めてあり、鈴が下がっていた。

鈴が涼しげな音を微かに響かせたのは八つ前後か。

磐音は鈴を手にすると細引きを二度ほど軽く引っ張り返し、霧子に意が伝わったことを教えた。また、鈴の音は明和三丸の中層船倉のどこかに潜む弥助にも伝わったと磐音は確信した。

磐音は小柄を使い、細引きから鈴を切り取った。その上で闇の中で瞑目し、神経を集中させた。すると櫓の音を響かせないように明和三丸に接近する無灯火の船が閉じられた瞼に映じた。

どれほど時間が過ぎたか。

艫船倉の扉の鍵が開けられる音がして、複数の侵入者が磐音の潜むあたりに入り込んできた。

磐音は身動ぎ一つせず、船倉の淀んだ気を乱さぬように呼吸を平静に保っていた。

艫船倉の一角で灯りが灯された。無言の裡に侵入者が南蛮長持ちに近付き、掛けられた錠前を解いた気配があった。

「よし」

と一言声がして、南蛮長持ちの蓋が開けられ、中の物が取り出される気配がした。

磐音はゆっくりと立ち上がった。

その瞬間、磐音もまた見張られていたことに気付いた。

磐音はその人物が、二年ほど前、正徳丸に探索のために乗り組んでいた物産方を殺害し、さらにはつい先日陰監察の石垣仁五郎をも殺めた遣い手と感じていた。

だが、磐音はその気配を知らぬげに、南蛮長持ちの中の品を急ぎ運び出そうとする面々のもとへと静かに歩み寄っていった。

小さな灯りのもと、布袋が取り出され、侵入者が負ってきた網袋に詰められて、運び出す作業が進んでいた。

侵入者は五人だ。顔を黒い布で覆い、狭い船倉で動きやすいように黒衣の筒袖と裁っ着け袴を着込み、しっかりと武者草鞋で足元を固めた忍び仕度だった。

「待っておった」

磐音が声をかけた。

必死の作業を続ける侵入者の体がびくりとして、硬直した。

「深夜に何用じゃな」

「な、何者か」

と一党の頭目と思しき者が誰何(すいか)した。

「坂崎磐音」

と名乗ると、相手の硬直した体がふいに解けた。

「坂崎磐音様じゃと。なぜ藩を離れられた坂崎様が藩船におられる」

自問するような声に訝しさがあった。

「そなたら、運び出すものがなにか知らされておらぬのか」

「異国から運ばれてきた砂糖でござる。坂崎様、藩物産を藩の人間が運び出して悪うござるか」

「ならば船の主船頭に断り、なぜ堂々と運び出さぬ。また、なぜそなたらは面体(めんてい)を隠して行動するや」

「さてそれは」

相手が言葉を詰まらせた。

「そうでなくとも未明より長崎口で買い求められた異国の品々の荷下ろしが行われる。なぜそれを待たぬ」

「われら、ただ砂糖を早めに食したいお方の願いを叶えるため、深夜にも拘(かかわ)らず藩船に乗り込んだだけでござる」

「そなたら、だれぞの命ずるそのような言葉を愚かにも信じたか。それとも己にそう言い聞かせたか。豊後関前藩江戸藩邸に蔓延る面々の動きを、藩主福坂実高様がお許しと思うてか」

磐音の舌鋒の鋭さに相手の返答が途切れた。

「われらに命じられたのは」

と抗弁しかけた黒衣の頭分の首筋に短矢が突き立ち、言葉が途切れた。

同時に短矢を放った人物に別の人間が襲いかかり、闘争が始まった。弥助と霧子が弓を放った相手に襲いかかったのだと磐音は思った。

その瞬間、磐音は背に殺気を感じた。

くるり

と振り向いた磐音が手にしていた鈴を、

「発止」

とばかりに相手の顔に投げつけると、見事に鈴が黒覆面の顔にあたった。一瞬、相手の動きが止まり、その場から後退して逃げ出そうとした。

磐音はすかさず追いかけた。

相手は艫船倉から飛び出ると、昨日まで鰹節の俵が積み込まれていた中層船倉に逃げ込んだ。がらんとした船倉にいつしかランタンが灯されていた。

「逃げても無駄じゃ。もはや正体は知れておる」

磐音の言葉が相手の動きを止めた。

無言のまま抜き身を提げて振り向いた。

「二年ほど前、物産方南野敏雄どのを背から一突きで殺し、先には陰監察の石垣仁五郎どのを同じ手、背中から刺し殺すという武人にあるまじき手で殺した人物。そして、過日、それがしをこの船倉で襲うたな。船にはそなたら一派の者が乗り組んでおるのであろう。それがしを襲った日の宵、そなたを奏者番速水様の屋敷に呼んでおった。だが、そなたが速水邸に姿を見せたのは四つを回った刻限であったな。さすがに殺し損ねた相手の呼び出しに迷うたか」

相手は無言を貫いた。

「江戸藩邸の物産方で愚直を装うて務めをこなす人物が、はたまたお代の方様の引きで江戸家老に就いた鑓兼某の隠れた配下とはのう。ようも長年、中居半蔵様方を騙しとおしてこられたものよ」

「言うな」

と叫んだ相手は顔を隠した黒布を剝ぎ取った。すると藩物産所の帳面方内藤朔次郎の凡愚な顔が見えた。だが、いつもの顔には隠し切れぬ殺気と憎悪が漂っていた。

「そなた、南野どのと石垣どのを殺した人物を明神明夫どのと、それがしに示唆いたしたな。明神どのと会うた。不思議なものでな、人の本性は姿かたちに現れるものよ。明神どのの言動には、無体にも朋輩を殺した気配のひとかけらも感じられなかった。じゃが、内藤朔次郎、そなたの体からは、隠し切れぬ南野どのと石垣どのの恨みが漂ってくるわ」

「言うな、藩を捨てた人間が」

内藤朔次郎が提げていた抜き身を上げた。

磐音は手にしていた備前包平二尺七寸（八十二センチ）を腰に戻した。

「ご検分あれ」

磐音が声をかけると、隣の船倉から二人の人物が姿を見せた。

関前藩留守居役にして用人の中居半蔵と新造帆船明和三丸の主船頭の市橋太平だ。

「内藤朔次郎、そなたにはこの中居も長年騙されてきた。もはやなんの言い訳も聞かぬ」

中居半蔵がかつての部下に宣告した。

「おのれ」

内藤朔次郎が一剣にすべてを託して構えた。

「流儀はあるか」

「江戸起倒流」

「ほう、そなた、鈴木清兵衛どのと関わりがあったか」

「鈴木様はそれがしの師じゃ」

「背中から不意に襲う卑怯剣が起倒流の正体か」

「問答無用」

磐音は備前包平の鯉口を切り、

そろり

と抜いた。そして、正眼に二尺七寸を置いた。

両者の間合いは二間半だ。

鰹節が昨日まで積み上げられていた中層船倉に緊迫が走った。だが、その緊迫を醸し出している闘争者は一人、内藤朔次郎だけだった。

磐音の五体からは、

「春先の縁側で日向ぼっこをしながら、居眠りしている年寄り猫」

のような、なんとも長閑な雰囲気が漂って、それが内藤朔次郎を焦らせた。

形相が変わった。

踏み込み足が船倉の床を蹴り、一気に間合いを詰めてきた。

だが、磐音は動かない。ただ中段の構えを微動だにせず、相手の切っ先が死線を越えて生死を分かつ瞬間を待った。

上体を傾けた踏み込みの中で伸ばされた剣が、

すうっ

と引かれ、次の瞬間、

ぐ、ぐぐっ

と二段構えで伸びてきて、磐音の喉元を捉えようとした。

正眼の包平が戦いだのはその瞬間だ。

包平が内藤の剣の物打ちを柔らかく弾くと、狙いを外された内藤が磐音のかたわらを駆け抜けて、

くるり

と反転し、二撃目を放とうとした。

だが、そのとき、磐音はすでに内藤の駆け抜ける動きに合わせて、
そより
と身を翻し、反転して次なる一手を放とうとする内藤朔次郎の喉元を、
ぱあっ
と斬り割っていた。

ランタンの灯りに血飛沫が飛び、内藤の腰ががくんと落ちたかと思うと、体が捻じれるように船倉の床に転がっていた。

中居半蔵がごくりと唾を飲み込んだ音が響いた。

磐音はゆっくりとした動作で包平の血糊を懐紙で拭うと、鞘に納めた。

「若先生」

弥助の声がした。手に布袋を一つ抱えていた。

「中の連中はどうします。愚かにも、だれぞに唆されて動いた連中です」

「中居様、事情を知らされずに使い走りを命じられた者たちです」

「それがしが預かろう」

と半蔵が応じて、市橋太平が一声上げると、眠っていたはずの明和三丸の面々

が刀や槍を手に姿を見せた。

「主船頭、忍び込んだ者たちの手引きをしたのは、予てより目星をつけていた帆前方の角造と泰次郎にございました。すでに二人は捕らえてございます」

助船頭が報告した。

「よし、艫船倉の連中もお縄にして、角造らと一緒にしておけ。中居半蔵様にお渡しすることになる」

市橋太平の命で明和三丸の面々が艫船倉に姿を消した。その様子を確かめた弥助が、

「若先生、お確かめくだされ」

と布袋を差し出した。すでに弥助は調べた様子だった。

「弥助どの、そなた、阿片を承知のようじゃな」

「へえ、長崎で」

「ならばそれがしが確かめるまでもあるまい」

と答えた磐音は、

「中居様、念のため、この袋一つを桂川甫周どのに届けて調べてもらいます。それでようございますな」

と半蔵に言った。

「残りは南町奉行所の知恵袋どのに渡せばよいのじゃな」

「それが豊後関前藩にお咎めがない方策にございましょう」

「それがしも、藩の新造船の初荷が阿片であったなどという汚名を着せられたくございません」

と市橋主船頭も悔しさを滲ませながら言った。

「ならば、佃島に待機しておられる笹塚様を呼んでようございますな」

磐音と半蔵に確かめた弥助と市橋主船頭が、中層船倉から上層甲板に上がって姿を消した。

その場に残ったのは磐音と半蔵だけだ。

「終わったな」

「いえ、始まりにございます。豊後関前藩で謀反を企てる面々はそっくり残っております」

「長い戦いになるな。実高様が参勤上番で江戸に出府なさるまでに三月しかない。この三月内に鑓兼一派を制圧せねばなるまい。じゃが、当面は奴らを泳がせておく。それでよいのだな」

「父ととくと話し合うた上で、今後の行動は決めませぬか」

「それがよかろう」

半蔵の頭の中には、実高の正室お代の方様をどう扱うかの難題が横たわってい
た。

(正睦様が江戸におられるのだ、こちらは正睦様のご判断次第)

と半蔵は正睦の江戸入りをこれほど頼もしく感じたことはなかった。

「磐音、まずは阿片の抜け荷だけは阻止した」

「あとはお任せいたします」

艫船倉から姿を見せた霧子とともに磐音と半蔵が上層甲板に上がると、笹塚孫
一や木下一郎太らが明和三丸に乗り込んできたところだった。

「おお、尚武館の若先生、この船に入り込んだ連中を乗せてきた船の船頭じゃが
な、われらの姿を見たら尻に帆かけて逃げ出しおったぞ。あれでよいのじゃな」

「ようございます。笹塚様は、主船頭の指示する荷だけを押収してくだされ」

「他の荷に南町奉行所筆頭与力の笹塚孫一が手を付けると思うてか。安心いた
せ」

と笹塚が胸を叩いた。

「そのお言葉が、今一つ」

「今一つ、なんじゃ。信用できぬと申すか。長年の友を裏切ると思うてか。それよりな」

一郎太がにやにや笑った。

磐音の耳に口を寄せた笹塚が、

「桂川先生方が痛み止めの治療に使うほどの正真正銘の阿片であろうな」

と囁いた。

「袋の一つを桂川先生に届けて検べてもらいます。高値に化けるか、安値で取引きされるか。あとは笹塚様の口八丁にかかっております」

「なんとも楽しみな」

と言い残した笹塚孫一ら南町奉行所の面々が船倉に姿を消した。

「坂崎様、お連れの方がうちの伝馬でお待ちです。お疲れでしょう、小梅村までお送りします」

と市橋太平が言った。

「有難い」

「今朝方からの長崎口の荷下ろしにはそれがしも立ち会いますので、ご安心を」

磐音は主船頭の言葉に頷き返すと、弥助が待つ伝馬船に縄梯子で下りていった。

春の夜明けが小梅村に到来していた。

坂崎正睦ははっと目を覚まして、

「ここはどこか」

と一瞬思った。そして、右手に眠り込む空也の寝顔を、そして、左側の寝床には紅葉のような手を夜具から出した睦月の顔を見て、

「ふっふっふふ」

と思わず笑みを洩らした。

「おまえ様、お目覚めになりましたか」

隣座敷から照埜の声がした。

「いや、二度寝いたす。邪魔をするでない」

と応じた正睦は、
そおっ
と小さな睦月の手に触れた。すると正睦の胸の中に蟠っていたもやもやが消えて、晴れやかな気分が広がっていった。

春霞ノ乱

居眠り磐音（四十）決定版

定価はカバーに表示してあります

2020年10月10日　第1刷

著　者　佐伯泰英

発行者　花田朋子

発行所　株式会社　文藝春秋

東京都千代田区紀尾井町 3-23　〒102-8008
TEL 03・3265・1211㈹
文藝春秋ホームページ　http://www.bunshun.co.jp

落丁、乱丁本は、お手数ですが小社製作部宛お送り下さい。送料小社負担でお取替致します。

印刷製本・凸版印刷

Printed in Japan
ISBN978-4-16-791579-7